UM JANTAR ENTRE ESPIÕES

OLEN STEINHAUER

UM JANTAR ENTRE ESPIÕES

Tradução de
Rodrigo Salem

1ª edição

EDITORA RECORD
RIO DE JANEIRO • SÃO PAULO
2018

CIP-BRASIL. CATALOGAÇÃO NA PUBLICAÇÃO
SINDICATO NACIONAL DOS EDITORES DE LIVROS, RJ

S832u
Steinhauer, Olen, 1970-
    Um jantar entre espiões / Olen Steinhauer; tradução de
Rodrigo Salem. – 1ª ed. – Rio de Janeiro: Record, 2018.

    Tradução de: All The Old Knives
    ISBN 978-85-01-10977-4

    1. Espionagem – Ficção americana. 2. Ficção americana. I. Salem,
Rodrigo. II. Título.

17-46845

CDD: 813
CDU: 821.111(73)-3

TÍTULO ORIGINAL:
ALL THE OLD KNIVES

Copyright © 2015 by Third State, Inc.

Texto revisado segundo o novo Acordo Ortográfico da Língua Portuguesa.

Todos os direitos reservados. Proibida a reprodução, no todo ou em parte,
através de quaisquer meios. Os direitos morais do autor foram assegurados.

Direitos exclusivos de publicação em língua portuguesa somente para o Brasil
adquiridos pela
EDITORA RECORD LTDA.
Rua Argentina, 171 – Rio de Janeiro, RJ – 20921-380 – Tel.: (21) 2585-2000,
que se reserva a propriedade literária desta tradução.

Impresso no Brasil

ISBN 978-85-01-10977-4

Seja um leitor preferencial Record.
Cadastre-se no site www.record.com.br e receba
informações sobre nossos lançamentos e nossas promoções.

Atendimento e venda direta ao leitor:
mdireto@record.com.br ou (21) 2585-2002.

PARA SLAVICA

AGRADECIMENTOS

A semente desta história foi plantada na Califórnia, enquanto eu assistia à dramatização do maravilhoso poema de Christopher Reid, "The Song of Lunch", no programa *Masterpiece*. Hipnotizado pelas atuações de Alan Rickman e Emma Thompson, me perguntei se conseguiria escrever um conto de espionagem que se passasse inteiramente em torno da mesa de um restaurante. (Não *inteiramente*, no fim das contas, mas quase.)

Contudo, o projeto levou tempo. Inicialmente, fiz alguns rascunhos antes de voltar para o livro em que trabalhava (*The Cairo Affair*). Um ano mais tarde, sofrendo com o calor infernal de agosto com meus sogros em Novi Sad, Sérvia, encontrei as minhas antigas anotações. Depois de um ano amadurecendo-as no inconsciente, a história surgiu de uma só vez e, quando fui para o computador, não consegui mais parar. Também não parei no mês seguinte.

Eu nunca havia tido momentos de inspiração como esse, e, para um escritor aproveitá-los da melhor forma, ele precisa de uma infraestrutura de apoio que permita uma fuga total da realidade por meses.

Então, gostaria de agradecer ao meu sogro, Gavra Pilić, dono da casa onde esse livro foi escrito, e à minha família, que notou algo de estranho acontecendo comigo e me deixou livre para vivenciar tudo isso.

HENRY

1

A decolagem está atrasada em São Francisco — atraso provocado, imagino, por um aeroporto sobrecarregado, mas ninguém confirmará essa informação. Em ocasiões como essa, acomodado no avião parado na pista, é fácil ter pensamentos apocalípticos — aeroportos operando no limite, rodovias entupidas por SUVs com cidadãos histéricos ao volante, alertas de poluição e salas de emergências lotadas, seus corredores banhados em sangue. Quando se está na Califórnia, esse tipo de imagem ganha certa grandiosidade, e é possível ver a terra se abrindo, atirando ao mar esse consumo exagerado; todos os celulares, casarões de praia e jovens aspirantes a astros. Quase parece uma bênção.

Ou talvez seja apenas coisa da minha cabeça. Pelo que sabemos, o atraso é devido a um problema técnico. Ouvimos as costumeiras desculpas pelos alto-falantes, "obrigado por sua paciência", e recebemos a ocasional atenção dos já exaustos comissários de bordo da SkyWest, todos demonstrando indiferença diante de nossas perguntas, disparando "desculpe" como se fosse a palavra mais simples do dicionário. A mulher ao meu lado se abana com um panfleto do Presidio Park; sequoias e mata densa passam rapidamente pela minha visão periférica, mandando um bafo quente em minha direção.

— Outro dia, outro atraso — diz ela.

— Não me diga.

— Alguém aqui tem um péssimo carma.

Sorrio para ela; não tenho certeza se seria capaz de dizer algo em voz alta.

É um avião pequeno, um turboélice da Embraer com capacidade para trinta passageiros, embora esta aeronave não esteja com mais do que vinte, todos mandando mensagens de texto para quem quer que os esteja esperando em Monterey. Minha vizinha de poltrona saca um celular e digita a própria mensagem, algo que começa com "Vc não vai acreditar...".

Mantenho meu telefone guardado. Depois de 15 horas voando por quase dez mil quilômetros para, finalmente, sofrer ao passar pela psicose em massa do controle de passaportes americano, o tempo exato da minha chegada parece irrelevante.

Se eu fosse mais jovem, talvez me sentisse diferente. Voos internacionais costumavam ser uma oportunidade de descansar antes da próxima aventura, mas, em algum momento, perdi a capacidade de dormir no avião — foi em 2006, acredito, após completar 39 anos. Depois... Bem, depois do Flughafen. Uma vez que se vê um vídeo em alta-definição de 120 cadáveres dentro de um avião, você sabe que nunca mais poderá relaxar na classe econômica. Então, ao chegar à Califórnia, estou exausto. Meus dedos parecem mais curtos e inchados, e minhas bochechas alternam calor e frio; um suor gélido ensopa minha camisa de baixo.

Tento não pensar muito em aviões. Em vez disso, me concentro no destino. Celia Favreau, sobrenome de solteira Harrison. Ela estará me esperando — ou não. Por alguns minutos, até me convenço de que não me importo. Não ficarei de coração partido, porque neste momento não tenho um coração para se partir. Se ela não estiver no restaurante, simplesmente pedirei um dry martini e uns mariscos fritos, contemplarei o colapso iminente da civilização e, então, voltarei para o aeroporto para pegar um voo noturno para São Francisco. Um último telefonema para cuidar de tudo e, enfim, o retorno para Viena, onde poderei finalmente desmoronar. Viajei por muitos anos e em condições muito piores para ficar nervoso com pequenas inconveniências. Além disso, não precisar olhar nos olhos dela certamente tornaria meu trabalho e minha vida bem mais fáceis.

São quatro e meia quando finalmente decolamos — meia hora de atraso. As hélices gemem lá fora, e minha vizinha saca um Kindle. Pergunto o que está lendo, e isso leva a uma discussão das virtudes e deficiências dos livros de espionagem modernos. Ela está na metade de um livro de Len Deighton, no qual a caçada por um agente infiltrado leva o narrador à própria esposa.

— Não se faz mais histórias como essa — diz ela, melancólica. — A gente sabia quem eram os vilões antigamente. Hoje em dia...

Tento ajudá-la.

— Extremistas muçulmanos?

— Isso. Quer dizer, que tipo de inimigo é esse?

Um inimigo ardiloso, eu queria responder. De novo, penso melhor e não falo nada.

Quando pousamos, uma hora depois, eu sabia bastante da vida dessa mulher. O nome dela é Barbara Jakes. Cresceu em Seattle, mas mudou-se para Monterey com o primeiro marido, que por fim se mandou para Los Angeles com uma garçonete de Salinas. Após alguns meses, a garçonete o trocou por um produtor de cinema. Ele ainda telefona, implorando por uma reconciliação, mas ela se casou novamente e agora é mãe de dois meninos — seus adoráveis diabinhos, costuma chamá-los — e trabalha na área de saúde. Ela lê velhos suspenses no tempo livre e assiste a futebol americano com os filhos. Está começando a suspeitar de que o novo marido a esteja traindo.

— Às vezes me pergunto se eu não faço algo que os afasta.

Balanço a cabeça com autoridade.

— Não caia na armadilha de culpar a vítima.

Eu não vinha aos Estados Unidos fazia dois anos; tinha me esquecido de como os americanos se abrem com facilidade. Eu a conheço há apenas uma hora, e ela já está aceitando meus conselhos sobre sua saúde emocional. Parece patético, mas talvez não seja. Talvez apenas aqueles que não nos conhecem sejam capazes de nos enxergar de forma mais clara. Talvez os estranhos sejam nossos melhores amigos.

Em Monterey, tenho um vislumbre do marido de Barbara — um homem de corpo esculpido em cadeiras de escritório macias, cujas roupas casuais ficam ainda mais ridículas com a adição de uma pochete bastante surrada — e, à distância, tento avaliar a possibilidade de o sujeito a estar traindo. Observo enquanto ele pega a sacola de viagem dela e a beija nos lábios antes de seguir para o estacionamento, mas não consigo perceber nada. Considero a possibilidade de Barbara estar se precipitando em suas conclusões. Se suas experiências com o primeiro marido a teriam deixado paranoica. Imagino — e sei que, com isso, estou fazendo muitas suposições — se as cicatrizes de sua vida estariam começando a supurar e se logo prejudicariam aqueles que lhe eram mais próximos.

Só há uma pessoa na minha frente na fila do balcão da Hertz: um homem de negócios obeso, careca no topo da cabeça, sessenta e poucos anos. Não me recordo dele no avião, mas eu estava distraído com os problemas de Barbara e com as tentativas de não pensar no fato de estar voando. Neste momento, ele está questionando as cobranças ocultas em um hatch — seguro, taxas, impostos —, e o balconista, um exemplo da animada hospitalidade californiana, explica tudo como se estivesse conversando com uma criança. Ele finalmente sai bufando com um novo molho de chaves, levando apenas uma pequena mochila. O balconista me recepciona com um sorriso opaco.

— Senhor?

Dou uma olhada nos carros disponíveis e peço um Chevy Impala, mas acabo perguntando quanto custa o conversível de ponta deles, um Volvo C70. O dobro. O balconista aguarda com uma serenidade zen enquanto me decido e finalmente dou de ombros.

— O conversível.

— Sim, senhor.

Assino alguns papéis, uso uma velha carteira de motorista do Texas para me identificar e coloco as despesas todas no cartão corporativo. Logo depois, caminho sob o céu enevoado de outubro, quente o suficiente para que eu tire o casaco. Uso o controle remoto para abrir o carro. Algumas vagas adiante, o viajante obeso está discutindo em voz alta com alguém pelo celular enquanto se senta em seu hatch, a janela fechada, de modo que não consigo mais ouvir suas palavras.

Pego meu celular e o ligo. Enfim, o aparelho se conecta à AT&T e ouço o toque de uma mensagem. Apesar dos últimos seis anos e do que vim fazer aqui, meu coração tem um sobressalto quando vejo o nome dela no visor. Pelo visto, ainda tenho coração.

Você estará lá, certo? Responda, qualquer que seja a resposta.

Envio para Celia uma única letra — S —, então entro no carro. Ele dá partida, suave como uma pluma.

2

De: Henry Pelham <*hpelham@state.gov*>
Data: 28 de setembro de 2012
Para: Celia Favreau <*celiafavreau@yahoo.com*>
Assunto: Olá

C,

Sarah me disse que você está na Costa Oeste ajudando a formar pequenos gênios para o mundo e causando alvoroço em um lugar tranquilo. Viena continua igual — você não está perdendo nada. Jake está mandando um oi. Falei que você não se lembraria dele, então não finja que o conhece. Klaus Heller me contou que ainda te deve o cheque caução. Austríacos são escrupulosamente honestos, como sempre. É adorável.

Como vai o Drew? Ouvi boatos de uma cirurgia no coração, mas espero que sejam infundados. Hanna me mostrou fotos de Evan e Ginny. Fiquei chocado. Como alguém tem filhos tão adoráveis... com Drew?? Ginny me faz lembrar de você.

Estarei na sua área em algumas semanas. Um lance da firma em Santa Cruz. Mas terei o dia livre em 16 de outubro, uma terça, e adoraria convidá-la para jantar. Diga o restaurante e mando a conta para o governo. E, se você quiser, posso pedir o cheque para Klaus. As estrelas estão proporcionando uma boa maré financeira, pelo visto.

Com amor,
H

3

Estou sozinho. Sinto o peso disso quando, com a capota elegante-
mente abaixada, entro na Rodovia 1, onde as árvores se debruçam
sobre o acostamento e, mais adiante, encontram-se as montanhas
da Costa Central da Califórnia. Em paisagens deslumbrantes, a
solidão é mais evidente — isso é algo que já notei. Talvez porque
não haja ninguém com quem curtir aquela paisagem. Sei lá.

Aumento o volume do rádio. Robert Plant está se lamuriando
sobre a terra de gelo e neve.

Embora meu carro alugado possa percorrer essa estrada em
poucos minutos, trafego na faixa da direita; vou com calma e sinto
as rajadas de vento por todos os lados. É uma estrada confortável.
Bem mais acolhedora do que as ruas por onde andei na última década — as sinuosas e congestionadas vias europeias onde as pessoas
estacionam nas calçadas e deixam seus carros enviesados, de modo
que é preciso ser um profissional para dirigir sem arranhar o veí-
culo. Essa estrada também está repleta de motoristas californianos
— tranquilos, sem pressa, muito diferentes dos homens europeus
em seus carros minúsculos, dirigindo na sua cola em uma ridícula
demonstração de macheza. É uma viagem relaxante; faz a vida
parecer fácil. Posso entender o motivo de ela ter se aposentado aqui.

Vick disse a mesma coisa em seu escritório no quinto andar da embaixada, na Boltzmanngasse.

— Ela se foi. Está feliz. Você está perdendo seu tempo.

O que eu poderia responder depois disso?

— Eu sei, Vick. São dois filhos, afinal de contas.

— Não, não acho que saiba. Acho que você ainda sente algo por aquela mulher.

Vick nunca perdoou Celia por ter deixado o posto tão repentinamente, por isso tende a evitar falar o nome dela.

— Ainda somos amigos — respondi.

Vick riu. Atrás dele, o brilho do céu austríaco preencheu a janela. Um avião voava em baixa altitude rumo ao Flughafen Wien, o aeroporto onde, na manhã seguinte, eu estaria percorrendo os corredores com uma bolsa a tiracolo, observando, como sempre, a eficiência austríaca que apagou completamente o trauma de 2006.

— Não — retrucou Vick, finalmente. — Vocês *não são* amigos. Não é assim que separações funcionam. E ela vai perceber, assim como eu, que você ainda está completamente apaixonado. Depois de cinco anos, um casamento e filhos, você é a última pessoa que ela quer ver.

— Acho que você tem um histórico complicado de relacionamentos amorosos, Vick.

A frase, pelo menos, provocou um sorriso.

— Vamos mandar Mack. Você passa as perguntas, e ele trará as respostas embrulhadas de presente. Você não precisa ir.

— Mack não vai saber se ela está mentindo.

— Ele é competente nesse tipo de trabalho.

— Ele não a *conhece*.

— Você também não. Não mais.

Não soube como rebater isso. Não podia dizer a ele o motivo de precisar ir pessoalmente, mas eu deveria, pelo menos, ter alguma frase pronta na manga, algo racional e irrefutável. Não ter nada era um sinal da decadência das minhas habilidades.

— Ela vai entrar com uma medida cautelar — disse ele.

— Não seja ridículo.

— Eu faria isso, se fosse ela.

Nós dois deixamos as palavras no ar por um instante. O avião na janela se foi.

— Olha, é uma desculpa para sair do porão por uns poucos dias. Visitar uma velha amiga. Farei algumas perguntas sobre Frankler, e o Tio Sam pode pagar o jantar.

— E depois você vai encerrar tudo? — perguntou ele. — Quero dizer, Frankler.

Frankler era a investigação que havia me mantido no porão por quase dois meses, e, como eu já havia feito várias vezes ao longo de nossos anos de parceria, menti para Vick.

— É complicado. Estamos tentando tirar o nosso da reta aqui. Só quero ter certeza de que não há pontas soltas.

— Mas você não tem nenhum suspeito, certo? Nenhuma evidência real de infração à lei?

— Só a palavra de um homem.

— A palavra de um terrorista.

Dei de ombros.

— E logo depois ele se afogou em um balde d'água — lembrou Vick. — Portanto, não conte com ele no tribunal.

— Verdade.

— Então encerre o caso. Coloque 2006 na conta do azar.

Ele estava mais ansioso do que eu para pôr um ponto final nisso.

— Vou descobrir se Celia tem algo a acrescentar e, quando voltar, vou me dar mais uma semana — sugeri. — Tudo bem? Então, encerramos o caso.

— Você está acabando com nossos recursos, sabia?

— Sério, Vick? Passo o dia vagando pelo porão, desencavando arquivos velhos.

— E viaja também.

— Duas vezes. Em dois meses, viajei duas vezes para conversar com velhos agentes. Bill Compton e Gene Wilcox. Acho que isso está longe de ser uma extravagância.

Ele me encarou com aqueles olhos preguiçosos e falou, hesitante:

— Você já parou para pensar no que faria se conseguisse de fato incriminar alguém?

Isso é tudo em que tenho pensado ultimamente, mas optei por perguntar:

— Por que você não me diz o que fazer?

Vick suspirou. Eu o conheço desde que cheguei à Áustria, há dez anos, e sei que ele usa o suspiro da mesma maneira que outras pessoas estalam os dedos ou fumam sem parar.

— Você sabe como funciona, Henry. Não podemos passar pelo constrangimento de uma acusação e não vamos fazer troca de prisioneiros com os jihadistas. Não gostaria nem que Langley ouvisse falar disso.

— Então, está me dizendo que gostaria que eu executasse o traidor?

Ele franziu a testa.

— Não foi isso que eu disse.

Trocamos olhares por um momento.

— Bem, vamos torcer para que eu não encontre ninguém para culpar — falei.

O suspiro novamente. O olhar dele recaiu sobre minhas mãos, e eu as enfiei nos bolsos.

— O que Daniels acha? — perguntou.

Larry Daniels foi quem primeiro levantou a questão. Ele tinha vindo de Langley havia dois meses para conversar pessoalmente com Vick sobre uma nova informação obtida de um prisioneiro em Guantánamo, um tal de Ilyas Shishani, capturado durante uma incursão no Afeganistão. Entre as muitas coisas que disse, ele confessou aos interrogadores que o desastre no aeroporto de

Viena, em 2006, teve a contribuição de uma fonte de dentro da embaixada americana. Estávamos todos lá na época — eu, Vick, Celia, Gene e Bill, o chefe de Celia. Depois de ouvir o relato de Larry, Vick me pediu que liderasse a investigação, que ele havia batizado de Frankler.

— Larry tem apenas 28 anos — rebati, assim como tinha dito quando Vick me passou Frankler. — Ele está construindo um caso baseado em uma desinformação passada por um terrorista. Está desesperado para incrementar o currículo.

— Então vamos enterrar tudo agora. Isso vai deixá-lo irritado, mas os chefes não veriam problema em baixar a bola dele e, ao mesmo tempo, evitar um escândalo.

Considerei essa ideia por dois meses. Não gostava de Larry Daniels — poucas pessoas que o conheceram durante suas ocasionais estadias em Viena gostavam. Era um sujeito pequeno, e dava nervoso olhar para ele, com seu cabelo seboso e uma voz aguda e rouca. Ele emanava a convicção de saber mais do que qualquer outra pessoa sobre qualquer assunto. Mas também era esperto e, se eu enterrasse Frankler, Daniels daria um jeito de desencavá-la novamente, tirar a poeira e fazer barulho. E o mais importante: ele tiraria a investigação das minhas mãos, e isso era algo que eu não podia permitir.

— O que você acha que diriam de nós assim que Daniels começasse a apelar para Langley? — perguntei. — Preciso cuidar desse caso até o fim. Não falar com Celia deixaria um buraco na investigação. E Daniels nos enfiaria nele.

Outro suspiro.

— Só tente acabar com isso logo, certo? O futuro já nos dá dor de cabeça suficiente sem que a gente precise ficar revirando o passado. Lembre-se disso quando estiver atormentando sua namorada.

Mas eu estava um passo à frente de Vick, e arquivar Frankler é o que me faz ir devagar no trânsito livre e olhar para as placas, tentando sem sucesso não pensar em Celia e em que tipo de encontro ela está esperando. Algumas horas de recordações, assuntos oficiais ou... algo mais interessante?

No rádio, o apresentador avisa que está ocupado tirando o Led do fundo do baú. Acho surpreendente o fato de, nas últimas três décadas, desde que eu ouvia o velho rádio transistorizado no quarto na época do colégio, os apresentadores ainda não terem inventado um jeito melhor de proclamar seu amor pelo Led Zeppelin. Ele prossegue, anunciando Beatles na próxima hora e pedindo aos ouvintes que liguem para sua "incrível terça-feira para dois".

Sério? As rádios comerciais alcançaram o auge de sua criatividade em 1982? Desligo o som.

Há uma escola à minha esquerda e, à direita, uma placa me leva em direção às árvores e à Ocean Avenue, que segue até o litoral, cortando a cidade de Carmel-by-the-Sea. O limite de velocidade cai para quarenta quilômetros por hora, e diminuo o ritmo entre duas SUVs tunadas. Carmel livrou-se dos sinais de trânsito há muito tempo, então as placas de "Pare" se escondem entre árvores e chalés a cada poucos quarteirões. Sinto como se tivesse tomado um tranquilizante leve. É o ar mais fresco que já respirei na vida.

Por fim, após breves vislumbres de casinhas em meio às árvores, surge a área comercial, seu centro cortado por uma fileira de árvores e, dos dois lados da rua, por lojas em formato de chalés. Grandes franquias são proibidas, portanto, o centro da cidade parece uma versão cinematográfica de uma vila inglesa pitoresca. Não uma vila inglesa de verdade, veja bem, mas aquelas em que Miss Marple poderia ser vista vagando pelas ruas, descobrindo corpos entre antiguidades. Dirijo pelo local a caminho do mar; passo por idosos vestidos como golfistas, caminhando com seus cachorrinhos, e contorno o estacionamento na areia, de onde consigo ver a praia limpa e branca e suas ondas fortes sob a luz do fim de tarde. Há turistas dirigindo atrás de mim, então só tenho um instante de serenidade antes de fazer o retorno para o centro.

Estaciono perto da esquina da Lincoln e espero sentado ao volante enquanto a noite chega. Uma multidão de habitantes locais e turistas, cada um deles com seu tom de branco, vaga pelas calçadas. É uma visão onírica de um vilarejo de praia, não uma cidade de verdade. Uma imagem de uma imagem, ou seja, o lugar perfeito para viver se você quiser ser alguém diferente do que era.

Mas é bonito, e me pergunto se deveria ter reservado um quarto para passar a noite, em vez de um assento no último voo de volta para São Francisco. Consigo me ver acordando neste vilarejo e me juntando aos golfistas em suas caminhadas pela praia no amanhecer. A brisa da manhã, o mar — as coisas que podem expurgar uma pessoa depois de uma década trabalhando na embaixada em Viena. Um banho salgado para a alma.

No entanto, depois de hoje à noite, uma praia bonita não será o suficiente para lavar minha alma. E desconfio de que, assim que estiver sentado em meu voo de volta, tudo que vou desejar é fugir de Carmel o mais rápido que minhas pernas curtas me permitirem.

Depois de apertar um botão, levantar a capota do carro e travá--la, tiro o celular da minha bolsa. É um Siemens com teclado que abandonei anos atrás pela tentação da tecnologia touchscreen. Não é brilhante nem minimalista, mas tem um microfone excelente que, de vez em quando, uso para gravar conversas sem ser notado. Ligo o celular, verifico a bateria e preparo o gravador. Sou o tipo de pessoa que gosta de gravar a própria vida. Se não para a posteridade, pelo menos para me proteger.

Quando ainda estava em Viena, comprei créditos para esse celular pré-pago em dinheiro, e digito nele um número para o qual liguei na semana passada. É a primeira vez que o uso em três anos; da última vez telefonei para Bill Compton, ex-chefe de Celia.

Depois de três toques, um homem de voz rouca atende. Nunca o vi, portanto, não consigo imaginar seu rosto.

— É Treble quem está falando? — pergunto.

Ele pensa por um instante. Seu codinome muda de acordo com quem está conversando, então, na sua cabeça (ou, quem sabe, em um velho envelope ao lado do seu telefone), ele repassa uma lista de nomes. Treble significa que ele está falando com...

— Olá, Piccolo. Como vai?

— Ainda estamos na ativa?

— Um pequeno conversível — diz ele. — Bem feminino. Em Carmel-by-the-Sea.

— Exatamente.

Ele hesita.

— Você falou que havia dois ciclomotores e um Chevy antigo, certo?

— Mas eles não precisarão de nenhum conserto.

— Sim, sim. — O tom dele não inspira confiança, e me questiono qual seria sua idade. — Sim, está tudo bem. Estou aqui.

— Em Carmel?

— Claro.

Não esperava que ele fosse chegar tão rápido.

— Para quando você precisa mesmo? — pergunta ele.

— Não imediatamente, mas nos próximos dias.

— Tudo bem, então.

— Há uma possibilidade de que não seja necessário — digo rapidamente, preocupado com sua memória.

— Sim, você já me falou isso.

— Nesse caso, cubro a viagem e metade do seu pagamento de sempre.

— Eu sei. É justo.

— Ótimo. Te ligo em breve.

— A gente se vê — despede-se ele e, quando desliga, penso: *realmente espero que não.*

4

Chego ao Rendez-vous meia hora mais cedo, e considero a exis-tência de um bar dentro do restaurante como um bom presságio, embora não veja nenhuma garrafa. Sou interceptado por uma jovem vestida de preto, distraída, com um rabo de cavalo no topo da cabeça e um iPad em mãos. Embora o restaurante atrás dela esteja vazio, ela pergunta:

— Tem reserva?

— Sim, mas cheguei antes da hora. Quero só tomar um drinque.

— Nome?

— Harrison. Quer dizer, Favreau.

— Sete horas — confirma ela, encarando o iPad, em tom de apro-vação. — Posso preparar uma mesa para o senhor agora, se desejar.

Durante os voos, uma imagem do meu destino final pairava em minha cabeça: uma banqueta alta e um longo balcão de bar para apoiar meu corpo exausto. É isso que quero que Celia veja ao chegar: um homem em um lugar de homens.

— Vou esperar no bar — digo ao passar pela garçonete.

Aliviado, finalmente me acomodo na extremidade mais afas-tada do balcão de ferro. Um jovem e vivaz barman, também de preto e com a barba de três dias aparada tão cuidadosamente que mais parece uma camada de tinta sobre o rosto, sorri discretamente. Peço o gin martini com o qual sonhei nas últimas vinte e quatro horas.

— Perdão, só temos vinho.

— Você está de brincadeira, não é?

Ele dá de ombros e pega um panfleto plastificado que lista todas as garrafas à disposição. É a região dos vinhos, afinal. Tento passar os olhos atentamente pela lista de vinícolas, mas os nomes compostos logo se tornam borrões — não entendo nada de vinhos. Fecho o cardápio.

— Algo bem gelado e forte.

— Branco ou rosé?

— Cara, não me importa. Contanto que seja seco.

Observo enquanto o barman pega uma garrafa na geladeira e desperdiça seu tempo brincando com o abridor antes de tirar a rolha e finalmente despejar o vinho na taça. Ele não é nem um pouco elegante; o vinho desce em profusão e um pouco dele cai no balcão. Consciente do próprio espetáculo, ele me dirige um sorriso desconcertado.

— Desculpe, é meu primeiro dia no trabalho.

Isso me faz gostar dele, mas só um pouco.

Ele me entrega um Chardonnay com taninos firmes do interior de Carmel Valley, da vinícola Joullian, em uma taça suada de tão gelada. Ao lado dela, coloca uma tigela de macadâmias, então pisca para mim, ainda envergonhado, antes de se retirar. No lugar dele, um espelho do tamanho da parede me oferece uma vista para todo o restaurante.

O que eu esperava? Certamente, não isso.

Isso me faz lembrar de uma noite depressiva que tive cerca de um mês atrás, após voltar do meu último encontro com Linda, uma recruta novata da Califórnia. Ela era atraente e divertida, esperta e perspicaz. No entanto, no fim daquela noite, enquanto eu me vestia e a observava sorrir para mim, coberta pelos lençóis, eu sabia que tudo estava acabado. Então, como o homem que eu desejava não ser, fingi o contrário: beijei o nariz dela, voltei para meu apartamento vazio e comecei a beber loucamente. Liguei a televisão e, ao trocar os canais, me deparei com uma adaptação de um poema de Christopher Reid, "The Song of Lunch".

Enquanto esperava ali, sentado, não pude deixar de me identificar com aquela história de um homem ainda apaixonado que encontra seu antigo amor para um almoço no restaurante preferido dos dois, Zanotti's. Aquele pobre coitado acredita que o tempo não muda nada — nem nele, nem no restaurante. Em vez disso, ele chega a um Zanotti's repaginado, todo branco e moderno, não muito diferente do Rendez-vous, onde encontro...

Candelabros feitos de origami
como uma tempestade cubista,
ameaçadora por sobre o branco
superfícies reflexivas,
cadeiras em verde-maçã
(minimalistas para seu desconforto)
e taças de vinhos
impecáveis, vindas da lava-louça.
Garçons monocromáticos
felizes em atender todos seus desejos
A não ser aqueles que não estão
No cardápio de uma única página.

Um casal, nenhum dos dois com menos de sessenta anos, sentou-se a uma mesa clinicamente branca para ler outro cardápio de papel plastificado. Ele parece ranzinza, mas resignado; ela exibe um sorriso congelado no rosto. Aposto todas as minhas fichas que ele trapaceia no campo de golfe, enquanto ela deve fazer um chá gelado incrível.

O celular Siemens pesa no meu bolso, mas tento ignorá-lo e focar no que espero dessa noite.

O que sei sobre Celia Favreau — ou Celia Harrison, quando solteira? Antes de mais nada, sei que ela não é mais minha, apesar de Vick duvidar disso. Cinco anos sem uma palavra. Cinco anos construindo uma vida neste posto avançado utópico e arborizado. Carmel, no início do século XX, era o reduto de escritores e artistas, que acampavam e se alojavam em cabanas ao longo da praia de areia branca. Depois do terremoto de 1906 em São Francisco, o fluxo de boêmios sem-teto forçou os moradores locais a finalmente levar a sério o planejamento urbano. A história da cidade é repleta de escritores famosos — Upton Sinclair, Jack London, Robinson Jeffers —, mas duvido que aqueles velhos artistas pudessem pagar uma refeição na cidade que Carmel se tornou.

Ela veio para cá para construir uma vida com Drew Favreau, um gerente da GM que passou metade da vida trabalhando em Viena antes de se aposentar, aos 58 anos. Eles namoraram por apenas quatro meses, então ele a pediu em casamento. O relacionamento deixou as amigas dela confusas — ele era um homem mais velho, sem nenhum charme aparente, enquanto o charme de Celia era aparente para todo mundo, especialmente para a longa fila de homens jovens que ela usou e abandonou durante seus primeiros três anos em Viena, antes de ficarmos um ano juntos. Há poucos anos, Sarah Western me disse que pressionou Celia por explicações, mas que ela foi vaga e nem um pouco convincente. Ela queria sossegar, foi o que disse. Queria se estabelecer em um lugar.

— Uma mulher como ela não para quieta — falou Sarah. — Para Celia, inércia é o mesmo que a morte.

Então, qual era a resposta? Por causa do nosso passado e do modo como eu me sentia, eu não me encontrava em posição de perguntar a ela diretamente sobre o assunto, mas as amigas de Celia a pressionaram, e elas por fim chegaram à conclusão genérica de que aquilo era uma crise de meia-idade. Ela estava chegando aos quarenta, seus anos férteis estavam ficando para trás e, depois de uma vida no serviço secreto, ninguém poderia culpá-la por querer descansar. Portanto, Carmel.

Não vim despreparado — passei muitas horas fazendo minhas pesquisas. Drew tem agora 63 anos e 82 quilos. Evan, de quatro anos, já está indo para a caríssima escola Stevenson, bem na esquina da casa deles na Vista Street. De acordo com os relatórios escolares, parece que Evan tem tendência a se tornar um bully. Por fim, há a pequena Ginny, de um ano e meio, com longos cabelos castanhos, assim como os da mãe.

Em um lugar desses, leitura é essencial, então: assinaturas digitais da *New Yorker*, do *New York Times*, do *Los Angeles Times* e do *The Economist*, além da *National Geographic* em papel (escolha de Drew, acredito). Durante os seis meses após a mudança, Celia manteve uma página no Facebook, na qual postava fotos da praia, dos restaurantes pitorescos e das festas chiques, numa tentativa de alimentar o ciúme vienense, e funcionou — seu destino foi debatido em toda a embaixada. Então, como se já tivesse feito o bastante para deixar sua vida suficientemente convincente, Celia apagou a página. As amigas de longa data notaram que os e-mails demoravam muito tempo para serem respondidos, e a maioria deles começava com um "Desculpe, tenho estado tão ocupada". Quando tomávamos um drinque juntos, Sarah me disse:

— Somos nós que estamos aqui, defendendo o mundo livre, certo? Mas é ela quem está ocupada demais para responder a um simples e-mail de "como-vai-você"?

No entanto, ela de fato *estava* ocupada. Foi contratada como fotógrafa do jornal local, o *Carmel Pine Cone*, e se tornou voluntária do Sunset Center, onde músicos itinerantes, a maioria longe de seus anos áureos, tocavam sucessos da década de cinquenta para os aposentados. Quando ficou grávida pela segunda vez, Celia tinha um emprego de meio período na escola Stevenson, porque, se existe uma certeza com relação a ela, é que sabe como preparar o terreno para o seu futuro ou dos seus filhos. Ela também encontra tempo para visitar, duas vezes por semana, o Dr. Leon Sachs, seu terapeuta, cujas anotações não consegui acessar.

Todos esses projetos são suficientes para impedi-la de responder suas velhas amigas? Talvez, mas acho que não. Acho que ela decidiu colocar um ponto final naquela vida passada. Em Viena, ela era Celia 1, e essa nova Celia, a Celia 2, está ocupada destruindo a bagagem de sua versão anterior. Ela está até recorrendo a um terapeuta para ter certeza de que suas fobias europeias não interferirão em sua vida americana. Novamente, planejamento. Ela pode ver seu futuro tranquilo e bem-sucedido com total clareza e está eliminando tudo o que pode ameaçá-lo.

Ela é, e sempre foi, uma mulher de tirar o fôlego.

5

De: Celia Favreau <*celiafavreau@yahoo.com*>
Data: 1 de outubro de 2012
Para: Henry Pelham <*hpelham@state.gov*>
Assunto: RE: Olá

Meu querido H,

Que surpresa! Pensei que, a esta altura do campeonato, você já tivesse se mudado para Washington ou para a Suíça — você sempre foi louco por aquelas montanhas. Sim, vamos nos encontrar. Tenho vivido numa bolha que eu mesma criei por mais tempo que deveria; é hora de deixar um ar fresco entrar.

Como está Matty? Ela já conseguiu colocar uma aliança no seu dedo? Parte dos boatos sobre Drew são verdadeiros, como acontece com a maioria dos boatos. Ele foi parar na emergência com o que descobrimos ser um sopro cardíaco. Está tomando uns remédios — quem não está? —, mas tem a forma física de um homem de cinquenta anos. Quer dizer, de um homem de saúde decente.

As crianças são adoráveis. Todas elas são, acho, mas as minhas são especialmente fofas. Evan começou a dançar na academia local e é o melhor da turma. Ginny desenhou um rosto quase perfeito outro dia — e ela nem tem dois anos ainda! Obviamente, os dois são os maiores gênios que o mundo já produziu.

Diga a Klaus que use o dinheiro do cheque caução com a família dele. Isso deve deixá-lo feliz.

Jake quem?

O restaurante: Rendez-vous (sim, hifenizado, sem comentários sarcásticos, por favor), na Dolores com a 6a. Vamos dizer, umas sete da noite, mas podemos acertar o horário um pouco mais perto.

Estou ansiosa!

Até,
C

6

Os filhos. O marido. Klaus. Matty, pelo amor de Deus. As coisas que
falamos para evitar os únicos assuntos que realmente importam.
Os meios de que dispomos para nos distrair todos os dias, para
ignorar o fato de que, eventualmente, vamos morrer. Como se isso
não importasse, quando é a única coisa que importa.

O que eu deveria ter dito no meu convite era: "Celia, não consigo parar de te ver quando as luzes se apagam. Vejo cada parte
de você — cada átomo — e a recrio. São exibições para minha
própria apreciação: pulsos, pescoço, tornozelos. E mais: lóbulo,
queixo, mamilos, a fenda acima da sua bunda. Nos últimos seis
anos, tenho profanado você periodicamente... Sabia disso? Você
já sentiu arrepios por volta das dez da noite de Viena? É mais ou
menos uma da tarde na Califórnia, e você está em casa, preparando
o jantar para o seu clã, trabalhando como voluntária no teatro local
ou tirando fotos de donos de pequenas empresas. Talvez você esteja
lendo a *New Yorker* no seu iPad, ansiando pela vida intelectual do
outro lado do país, e então sente minha gélida intromissão. Como
você se sente? Fica nauseada ou nota uma pontada de excitação
na base da coluna, onde, um dia, passei minhas mãos por baixo
da sua blusa? Essa sensação permanece durante o jantar em família,

incomoda enquanto você serve couve cozida e frango grelhado para sua prole e finalmente a domina assim que todo mundo dorme, inclusive o idoso que divide a cama com você? Você finalmente se rende à sensação, e seus dedos finos descem pelo seu corpo? Você também teria recriado cada átomo meu? Meia-noite para você é nove da manhã para mim. Nunca senti nada, mas talvez não estivesse prestando muita atenção."

Meu copo está vazio e sinto vontade de ir ao banheiro. Não tiro água do joelho desde que estava 20 mil pés acima de Carson City, Nevada, e a mistura de vinho e pensamentos obscenos me fazem lembrar dessa parte da minha anatomia. Esgueiro-me cuidadosamente para fora do banco e me viro para encontrar uma mulher gordinha e sorridente de pé ao meu lado. Olhos pretos, bochechas arredondadas e brincos de pressão em ouro branco.

— Espero que você ainda não esteja bêbado — diz ela para mim.

— Celia. Uau.

Ela ri alto, balançando a cabeça.

— Sei que ganhei peso, Henry. Mas não *tanto* assim.

De repente, fico confuso. Ela interpretou errado o que eu disse; ela sempre fez isso.

— Você está linda. — Eu me inclino para o abraço e os beijos nas bochechas. Mas cinco anos se passaram, claro, e ela perdeu o hábito. O abraço é interrompido por um beijo meu que está a caminho da sua bochecha esquerda macia, mas acaba repousando no canto dos lábios dela. Nós nos separamos, atrapalhados. — Desculpe — murmuro.

— *Você* — começa ela com autoridade, me segurando com os braços estendidos e deixando para trás a situação constrangedora.

— Você não mudou nada. Qual é o segredo?

Ela mente com graciosidade. Perdi peso, mas fiquei com cara de doente, e os fios grisalhos que antes apareciam discretamente em minha cabeça haviam me tomado de assalto fazia dois anos.

— Martinis — respondo. —· Mas, aparentemente, eles são *verboten* aqui.

Ela franze a testa, com pena de mim.

— Eu deveria ter escolhido outro lugar.

— Só vamos para nossa mesa, OK?

Observo Celia ao seguirmos até a garota de rabo de cavalo. A maternidade havia mudado a mulher esguia e ágil que destruía corações na Áustria, mas o amor não perde interesse tão facilmente. O pescoço. Os pulsos. Os tornozelos. Aqueles olhos e lábios — mais carnudos agora, mais sedutores.

— Você está me espiando? — pergunta ela, com a sobrancelha arqueada.

— Apenas perdido em sua beleza, querida.

A Rabo de Cavalo nos conduz por um caminho tortuoso até uma mesa do lado da janela, com vista, e tropeço em uma cadeira verde extravagante, ainda distraído com minhas lembranças eróticas. Estou impressionado com minha incompetência. Envelheci tanto assim? Tornei-me um velho senil idiota?

Sim, provavelmente. Quer dizer, não. É Celia. Aqui, de novo. Perto o bastante para ser raptada.

Quando encontrei Bill Compton, há cerca de um mês, eu estava na minha zona de conforto. Levei-o a um bar que escolhi e cortei suas respostas evasivas e sua circunspecção como uma navalha. No fim, foi ele quem se distraiu a ponto de se tornar incompetente. O último gole de cerveja foi tomado com a mão trêmula. Quando saí, ele estava em pânico, e não só porque eu trouxe o assunto do Flughafen à tona. Ele ficou em frangalhos porque eu estava o oposto disso. Eu era um robô. Estava no completo controle das minhas faculdades, esmagando cada uma de suas desculpas com fatos concretos.

Mas Celia? Não consigo me imaginar falando com ela daquela maneira. Não depois de uma taça de vinho e de uma repentina e imensa vontade de urinar. Não diante da visão do lóbulo dela, dos cabelos castanhos na altura dos ombros, seus ombros. Céus, aqueles ombros.

Rabo de Cavalo oferece bebidas e, assim que Celia pede um Syrah, a atenção da garçonete se vira para mim. O que essas mulheres querem?

— Henry? — pergunta Celia, com o som da sua voz, suave, familiar, provocadora, tirando-me do meu torpor.

Aponto para o bar.

— A mesma coisa que bebi ali. Chardonnay... Não sei. Pergunte para o barbudo. O barman.

Rabo de Cavalo sorri, faz que sim com a cabeça e se retira.

— Você deve estar cansado — comenta Celia, tentando não julgar. — A conferência está chata?

De novo, eu hesito e me lembro da mentira: Santa Cruz.

— Codificação online. Técnicas de comunicação da al-Qaeda. Sabe como é, um jpeg de uma rosa, na verdade, acaba sendo uma mensagem jihadista, esse tipo de coisa.

— Que saco.

— Exatamente.

— Alguém mais veio? Alguém que eu conheça?

Faço que não com a cabeça, para não deixar a mentira ainda mais elaborada. Esta noite, tenho plena consciência de minhas limitações. Do lado de fora da janela já está escuro, e as lojinhas sutilmente se acendem, transformando seus fregueses vagarosos em silhuetas. Ali dentro, compartilhamos o restaurante apenas com o casal de velhinhos.

— Lugar popular?

Ela segue meu olhar.

— Nos fins de semana, com os turistas, fica impossível conseguir uma mesa. Durante a semana, normalmente é morto. Por isso eu o escolhi.

Meneio a cabeça, parecendo apreciar o gesto, então entro de supetão em uma conversa de verdade.

— Você deve ser feliz aqui. Parece o tipo de lugar onde é fácil ser feliz.

Celia, com a cabeça curvada de modo elegante, tendo como única preocupação a decadência da vida fácil, concorda.

— Parece. Aliás, *é*. Sério. É diferente.

— De Viena?

— Claro. E de Los Angeles e São Francisco. Da maioria dos lugares. As pessoas não vêm para cá para se tornar empresários.

— Elas vêm para cá depois de se tornar empresários.

Duas mãos, pulsos unidos que se abrem abaixo do queixo. Estou certo — certo o suficiente, pelo menos.

— Não é entediante?

— Você se ocupa. Pergunte a qualquer um que tenha filhos. Não há tempo para tédio.

— E reflexão?

Ela balança a cabeça, sorrindo.

— Não vou ser encurralada.

Eu penso: *sem tempo de notar aquele arrepio na coluna por volta de uma da tarde?* Tenho a deprimente desconfiança de que ela atribuiria isso a um princípio de gripe e que tomaria vitaminas ou raiz de ginseng para se proteger do meu assédio. Não que isso fosse ajudar. Não que qualquer coisa fosse ajudar.

— Não há muito o que falar — continua Celia. — Você já viu os filmes. Já leu livros. A maternidade é um trabalho de quarenta horas semanais com o restante das horas de plantão. Não lembro a última vez em que a gente foi ao cinema.

A gente, diz ela. Ela é *a gente* agora.

Claro que sim.

— Vida social?

— Mães encontram outras mães. Discutimos sobre maternidade. Somos obcecadas com nossa saúde e a saúde dos nossos filhos.

— Então, você conseguiu mesmo.

— Conseguiu?

— Deixou tudo para trás.

Posso notar pelo baixar de suas mãos e a ausência de expressão em seu rosto que minhas palavras não são tão triviais quanto eu pretendia que fossem. A cortina desce, o sorriso retorna, e ela sacode a cabeça e encara a moldura alta da janela ao nosso lado por, talvez, três segundos. Então, Celia volta sua atenção para mim.

— Sim, acho que deixei. Tudo aquilo: Viena, a Agência, as coisas que fizemos... Elas não estão aqui comigo. É um universo completamente diferente.

Ela deixa algo no ar, então pergunto:

— E?

— E é assim que eu quero, Henry.

7

Rabo de Cavalo volta com nossas taças, a minha repleta de gotículas, de tão gelado que estava o vinho, e me dá um sorriso tímido; é quase um flerte, mas não exatamente. É mais pena. O barman, acredito, contou a ela sobre o meu desejo frustrado. Vim parar em uma cidade que se compadece de bebedores de gim.

Celia toma um gole de seu Syrah e o degusta como uma especialista, deixando o líquido percorrer a boca e movendo a língua para espalhar o maná por suas papilas gustativas amargas e doces. Tento me afastar da associação e fracasso gloriosamente. Engulo o Chardonnay como um bárbaro.

— Você não respondeu sobre Matty — diz ela.

— Não, não respondi.

— Então?

Matty surgiu na minha vida uma semana antes de Celia arrumar as malas e abandonar todos nós. Austríaca, 26 anos, um metro e sessenta de altura. Tinha uma energia além de qualquer Lei da Física, uma maníaca sem os períodos depressivos.

— Ela me matou de cansaço.

Celia se inclina um pouco para trás, me olhando.

— Ela *era* um pouco demais, não era? Meio tagarela.

— Cientologista, também.

Isso faz com que ela se incline para a frente e coloque as mãos na beirada da mesa.

— Você está *brincando*.

— Ela estava desesperada para se tornar uma Thetan Operante. Eu a encontrei há algumas semanas, e ela tinha chegado a algo que eles chamam de Muralha de Fogo. Acho que ela deve estar interagindo com alienígenas a essa altura do campeonato.

Isso gera uma risada comedida.

— Alguém mais na vida de Henry?

Claro, penso. Tive Greta e Stella, Marianne e Linda, cada uma delas apenas por três noites, cada uma delas me fazendo ter fantasias com uma esposa e mãe na Califórnia. Em vez disso, falo:

— Ninguém.

— Não virou um solteirão convicto, espero.

— Estou destinado a isso, talvez.

— E o escritório antigo? — pergunta ela, habilmente desviando de assuntos dolorosos.

— Vick o comanda como a um feudo. Nada muda.

— E como está Bill?

Bill Compton foi chefe de Celia boa parte do tempo que ela passou em Viena. Quando ela fazia trabalho de campo, era Bill quem recebia seus relatórios, e, assim que ela passou para o escritório, ele se tornou seu mentor, talvez até uma figura paternal.

— Bem, ele se aposentou há mais de um ano. Não sabia?

Finalmente, um vislumbre de algo que se assemelha a um constrangimento — algo capaz de acabar com a autossatisfação dela.

— Não temos conversado.

Sinto o alívio percorrer meu corpo como uma corrente elétrica, embora eu o esconda bem. Estava preocupado com a possibilidade de Bill ter ligado para ela, e o fato de isso não ter acontecido torna meu trabalho muito mais fácil. Ela não está preparada.

— Ele mora em Londres agora — conto.

— Culpa da Sally, aposto.

— Exatamente. Ele odeia a cidade.

— Ela é uma chata anglófila.

Não conheço Sally tão bem para retrucar, mas o veneno na voz de Celia é surpreendente. Cinco anos, e ela ainda tinha raiva da mulher de Bill. Talvez não seja tão fácil deixar a antiga vida para trás.

Celia muda de assunto.

— Eles ainda deixam você fazer trabalho de campo?

— Faz um tempo que não. Sou da turma do ar-condicionado agora.

— Deve ser uma bela mudança.

— Mais segura, acho.

— Lembro-me de ter gostado disso; nunca fui muito boa em bater perna por aí.

— Agora você está sendo modesta.

Ela meneia a cabeça, séria.

— Hoje em dia tenho perdido meu tempo com arquivos empoeirados. Vick me fez investigar novamente a tragédia do Flughafen.

Ela pisca, se empertiga, e então relaxa novamente antes de indagar:

— Langley tem feito perguntas?

Faço que não com a cabeça e começo minha mentira.

— Um novo figurão na Interpol está reclamando. Acha que temos que fazer um profundo exame de consciência.

Troquei Langley pela Interpol para que não pareça algo tão sério. Para que ela ainda se sinta fora do nosso alcance. Mesmo assim, a mera menção ao Flughafen é o suficiente para o bom humor desaparecer de seu rosto. Notei isso pelo ângulo da sua boca e pela ruga no canto do seu olho direito.

— Acho que fizemos um exame de consciência bem profundo naquela época — comenta ela. — Lembra?

Assinto com a cabeça.

— Foi uma caça às bruxas.

Não posso discordar dela.

— Nós mal conseguimos sair daquilo com vida, Henry, e agora você está me dizendo que algum idiota de Lyon decidiu começar tudo de novo?

— Ele se gaba de ser um historiador. Está em busca de incoerências.

— A história é cheia de incoerências. Qual a idade dele?

— É jovem. E, sim, entendo o que quer dizer. Ele ainda não superou o ódio pelas contradições humanas.

— Não falei isso.

— Bem, eu falei. Mas ele vai aprender. Por enquanto, foi decidido que devo entregar a ele uma análise detalhada de nossos fracassos e sucessos. Um pouco de tudo. E, já que estou aqui, não custa nada perguntar seu ponto de vista. Você se importa?

Ela se empertiga de novo, mas dessa vez não relaxa.

— Isso é um *interrogatório*?

— Estou jantando com você, Celia. Estava em Santa Cruz e não queria perder a oportunidade de te ver. Mas acontece que também estou tentando pôr um fim neste capítulo, porque não quero que ninguém reabra o caso. Ninguém quer. Por isso, estou falando com o máximo possível de pessoas. Enchendo o relatório de pontos de vistas diferentes. Sendo definitivo. Deixando a Interpol completamente atordoada.

Ela olha ao redor. O casal de idosos está comendo calmamente suas entradas; as mesas à nossa volta estão vazias. No canto do bar, nossa garçonete está batendo papo com o barman. Olhando na direção deles, Celia diz:

— Você falou com Bill?

— Sim, falei. Ele também não ficou feliz com a volta desse assunto.

— Eu não pareço feliz?

— Não muito.

— Bem, eu estou feliz — garante ela, produzindo o maior e menos convincente sorriso que já vi na vida. Suas mãos deslizam pela mesa e apertam os dedos da minha mão esquerda. — Estou na companhia do meu melhor amante e estamos falando sobre coisas que não existem mais para mim. É como falar sobre os sonhos que já tivemos.

— Como você faz na terapia?

Ela hesita no meio da respiração, repensando a resposta rápida que está na ponta de sua língua afiada. Depois, recolhe as mãos.

— Você tem me *investigado*, Henry?

— Você mora na Califórnia. Viu muitas coisas ruins na vida. Foi um tiro no escuro.

Ela hesita novamente. Será que acredita em mim? Provavelmente, não. Ou talvez, penso, confiante, os cinco anos naquela felicidade arborizada tenham prejudicado seus sentidos, deixando-a crédula diante de qualquer coisa que prometa esperança. Ela inclina a cabeça para o lado, seus cabelos castanhos espalhados pelo pescoço, e diz:

— Você não vem aqui há bastante tempo, não é? Em casa, digo.

— Faz alguns anos.

— Bem, não é como costumava ser. Confie em mim. Hoje em dia, as pessoas entendem mal a busca pela felicidade. Acham que significa o direito de *ser* feliz. Os terapeutas estão ficando cheios da grana. Assim como a indústria farmacêutica.

— A indústria farmacêutica sempre foi cheia da grana.

— Não como hoje em dia. Exemplo? Assim que nos mudamos para cá, fui consultar meu médico. Falei para ele que meu estômago andava bastante sensível. Cacete, mudei inteiramente minha dieta quando viemos para cá, então seria uma surpresa caso eu *não* tivesse gases. Ele me perguntou se eu andava estressada naquela época. Claro que sim, disse. Eu me casei, me mudei para um país que mal reconheço mais. Minha vida está de cabeça para baixo. Enquanto eu falava isso, ele escrevia no receituário e depois destacou a página e me entregou uma receita de Frontal. Fácil assim. Eles distribuem estabilizadores de humor como se fossem M&M's.

— Eles funcionam?

— Claro que funcionam. Precisei largá-los nas duas vezes em que fiquei grávida e foram os piores dezoito meses da minha vida.

— Os *piores*?

— Estou exagerando. Nós fazemos isso aqui. Também usamos a palavra "amo" para coisas de que só gostamos. Você precisa se acostumar. — Ela ergue a taça e sorri, cansada. — Bem-vindo à Califórnia. Não nos leve ao pé da letra.

— Vou tentar me lembrar disso — digo, perguntando-me se ela se esqueceu de como mentíamos bem.

8

Conheci Celia em 2003, depois de ter sido transferido para Viena.
Ela havia chegado no ano anterior, depois de uma missão bem-
-sucedida em Dublin e de ter pedido para ser transferida para Viena por ser, como ela diz, "a cidade mais civilizada do continente".
Celia mudaria sua opinião sobre isso mais tarde, mas as ilusões
de jovens agentes são facilmente perdoadas.

Eu vim da direção oposta; saí de Moscou mancando, com as
memórias dolorosas do cerco ao teatro Dubrovka ainda frescas em
minha mente. Mais de cinquenta separatistas chechenos muçulmanos tomaram o teatro em outubro de 2002, durante a apresentação
de *Nord-Ost*, uma versão russa de *Os miseráveis*. Eles fizeram 850
reféns e exigiram a saída das tropas russas da Chechênia para
acabar com a guerra, que já durava três anos. Depois de cinquenta
e sete horas, os russos jogaram gás no teatro e invadiram o lugar.
Quase todos os terroristas foram mortos, assim como 129 reféns,
a maioria em decorrência do gás e da decisão, inexplicável para
quase todo mundo, de não falarem para os médicos que cuidaram
das vítimas quais substâncias exatamente elas haviam inalado.

Havia um americano entre os mortos — um homem de 49 anos
natural de Oklahoma City, que estava em Moscou para encontrar

a noiva russa — e, em Washington e na embaixada, repetíamos o nome dele o tempo todo, uma espécie de mantra, ao nos unirmos à opinião pública mundial e condenarmos as forças russas, cujas ações levaram a muitas mortes desnecessárias. Vladimir Putin e seus porta-vozes ergueram as mãos para nos acalmar e nos lembrar da ameaça terrorista internacional que, no ano anterior, havia derrubado duas torres em Manhattan. O discurso de Putin começou a se tornar o mais próximo possível do de nosso presidente.

O sentimento em Washington era de que a Rússia tinha um ótimo argumento, então relaxamos a guarda. Nem todo mundo na embaixada ficou feliz com isso. Meu chefe no posto avançado, George Lito, disse:

— Henry, você sabe o que vai acontecer agora, não é? Se não reagirmos, os russos vão entrar ainda mais na Chechênia e continuar atirando até dizimar a república.

George estava certo. A decisão de diminuir a presença de tropas russas na Chechênia foi rapidamente revertida e, duas semanas depois, novas operações em grande escala foram realizadas em Grózni e outras localidades.

Mas isso não nos impediu de ajudá-los. Sob ordens, ajudamos o FSB a identificar ativistas anti-Putin e pró-Chechênia nos Estados Unidos e, mais de uma vez, reuni-me com agentes para discutir acordos que tínhamos com organizações de direitos humanos da Rússia que questionavam a versão oficial dos acontecimentos. Sob ordens diretas de George, eu até descartei uma fonte chechena, Ilyas Shishani, que havia nos dado acesso privilegiado à restrita comunidade chechena em Moscou, no ano anterior. Depois disso, Ilyas desapareceu da face da Terra.

Nessa época, em Moscou, dois políticos se juntaram a um punhado de jornalistas e ex-agentes do FSB para investigar o desastre do teatro Dubrovka. A análise do grupo concluiu que o FSB teria usado pelo menos um agente provocador — Khanpasha Terkibayev

— para direcionar os terroristas para o teatro. Sergei Yushenkov, um político liberal, ouviu Terkibayev sobre o envolvimento dele. Logo depois, Yushenkov foi assassinado a tiros em Moscou, e Terkibayev morreu em um acidente de carro na Chechênia. Fiquei furioso, mas George apenas deu de ombros.

— Estava tudo decidido no momento em que Putin fez o discurso. O restante de nós está apenas acompanhando o curso da história.

Naquela época eu ainda era muito sensível. Enviei uma mensagem raivosa para Langley para registrar minha frustração, então requisitei transferência para algum lugar mais calmo.

E funcionou. Pelo menos por algum tempo. Depois de Moscou, gerenciar agentes em Viena era como férias para mim. E, quando conheci Celia Harrison no escritório de Vick, tive certeza de que finalmente estava no lugar certo. Lidar com meus agentes me fez aprender a melhor forma de tratar as mulheres que me atraem, então comecei a perguntar a Celia coisas sobre sua vida. Ela era órfã — havia perdido os pais em um acidente de carro quando era adolescente — e era inteligente o bastante para saber que tinha vindo para a CIA na tentativa de substituir a estrutura familiar que lhe fora roubada. A Irlanda foi sua primeira parada, onde ela fez progressos.

Quando admitiu ter se tornado fã de música eletrônica em Dublin, insisti em levá-la às casas noturnas locais. Acompanhei Celia ao Flex, ao Rhiz e ao Pratersauna. Com um suprimento constante de Advil e muitos drinques, fui capaz de sobreviver ao som de bate-estacas e à multidão de jovens. No final, acabei me divertindo. Dançamos — quando foi a última vez que eu havia *dançado*? Celia se encaixava tão perfeitamente em minhas mãos que acreditei não apenas ter vindo para um lugar mais pacífico, mas que também era um novo homem em Viena. Pela primeira vez na vida, pelo que me lembro, eu estava aprendendo a gostar de mim mesmo.

Mesmo assim, levamos um tempo. Em nossas muitas saídas regadas a álcool, nos agarrávamos nos fundos das casas noturnas, mas ela mantinha certa distância emocional. Logo soube que, enquanto se entregava um pouco para mim, estava se entregando muito mais para outros homens. Precisei aprender a deixar meus ciúmes de lado. Aprendi a não ter qualquer sentimento de posse sobre uma mulher.

Não sei bem como deixamos de ser amigos para nos tornar amantes — qualquer que tenha sido a alquimia, aconteceu na cabeça dela. Celia tinha se mudado para uma mesa na embaixada e trabalhava sob as ordens de Bill, e nosso tempo juntos foi repentinamente reduzido à metade. Eu ansiava por ela, mas me acostumei com aquela dor. Desconfio de que aquela ausência reforçou sua afeição por mim, pois, em um restaurante turco em Wieden, ela disse:

— Estou cansada, Henry. Leve-me para casa.

Só quando chegamos ao seu apartamento eu entendi o verdadeiro significado de suas palavras.

E ali estava eu, exatamente onde desejava estar quando a conheci no escritório de Vick. Estávamos apaixonados e, por mais de um ano, construímos uma vida juntos, passando as horas sob o disfarce de uma vida clandestina numa terra estrangeira. Ao menos uma vez na vida, eu estava satisfeito. E isso é realmente tudo que uma pessoa pode desejar.

Então veio 2006. Durante os dois meses que antecederam o desastre do aeroporto de Viena, as lembranças de Moscou ganharam vida através dos jornais. Mais dois membros da equipe de investigação russa que havia analisado o cerco ao teatro Dubrovka foram assassinados. Anna Politkovskaya levou um tiro no elevador do seu prédio, em Moscou. Em Londres, Aleksandr Litvinenko foi envenenado por exposição a polônio-210. Minhas ansiedades retornaram: o medo, a vergonha. Até mencionei o assunto com meus contatos islâmicos, e eles balançaram a cabeça sem a menor comoção. As tragédias da civilização acontecem em um ritmo alarmante, e reviver algo que ocorreu três anos antes era como se preocupar com a história de Roma.

Talvez eu devesse ter lido melhor os sinais. Talvez as lembranças de Moscou pudessem ter mudado o que aconteceu em seguida. Tudo que sei é que aquelas recordações só me deixaram mais desesperado para fazer o nosso relacionamento funcionar. Redobrei meus esforços para construir uma vida com Celia e, no meio do incidente do Flughafen, eu até pedi a ela que se mudasse para meu apartamento. Àquela altura, contudo, era tarde demais.

9

A garçonete nos oferece uma aula. Não basta apenas dizer que a vitela é suculenta; ela precisa explicar como a jovem vaca foi criada de modo humanizado, o que comia no café da manhã, almoço e jantar e como sua vida breve foi interrompida em um "ambiente sem estresse". O estresse, deduzo, faz a vitela ficar menos suculenta. A tábua de queijos requer uma lição de técnicas de pasteurização. Os vegetais nos fazem entender o horror dos pesticidas, enquanto a harmonização dos vinhos testa os limites do nosso considerável conhecimento geográfico. O pão árabe, ela explica, é caseiro.

— O quê? — pergunto.

— Caseiro — repete ela.

— Artesanal?

Ela nega com um gesto, o rabo de cavalo tremulando no topo da cabeça.

— Não. Caseiro.

Celia pede as entradas para nós dois e cioba para ela como prato principal. Fico com a vitela. Assim que a garçonete nos deixa, Celia sussurra:

— Eles acham que é uma característica europeia ser tão exigente.

— Sério?

— É a única explicação que encontrei — diz ela, caindo na gargalhada, pois ambos sabemos o quanto a culinária europeia é simples, a ponto de ser quase infantil. Cozinhe por seis horas ou grelhe por quinze minutos e pronto.

Então, com uma sutileza que me lembra a antiga Celia, ela passa para o próximo assunto.

— Está acompanhando a campanha?

Levo um segundo para compreender a qual campanha ela se refere. A campanha presidencial mais cara da história. O primeiro presidente negro contra o segundo candidato mórmon.

— Estou tentando evitar — admito.

— Não tenho escolha. Drew está trabalhando como voluntário. Ele só fala nisso.

— Para qual lado?

— Republicano.

— Jesus.

— São tempos difíceis nos Estados Unidos. A economia ainda está uma bagunça, e podemos culpar Bush por ter nos quebrado ou Obama por não ter resolvido o problema. Todo mundo tem a própria resposta. Mas Drew sempre teve alma de libertário, então ele já escolheu o caminho a seguir.

— A maioria dos ricos já fez isso — rebato, antes de notar o insulto sarcástico em minhas palavras. Então, recuo. — Mas não me dê atenção. Só me interesso por política externa e, pelo que sei, o candidato de Drew não tem uma.

— Não vou discordar — diz ela, sua voz suave, quase provocante. Tenho a impressão de que está tentando me contar algo mais. Talvez... Talvez nada.

Então ela começa a falar, e me vejo no meio de mais uma aula. Se eu soubesse que a Califórnia era tão educativa, teria vindo bem antes. Ela fala sobre vários políticos, tanto os mais importantes quanto os de menor expressão. Cita gerentes de campanha e explica como rastrear doações, fala mal dos supercomitês de ação política e da incapacidade da mídia de escapar da camisa de força dos partidos políticos tradicionais.

— Mas estão fazendo isso para agradar ao público deles. Colocam um liberal e um conservador numa sala e assistem aos dois brigando. Entretenimento fácil, foi isso que virou o noticiário. E o resultado? Uma população atrofiada. Quer dizer, não apenas as massas, mas a elite também. Elas se tornaram medíocres.

Suas bochechas estão rosadas.

Celia 2, pelo visto, acredita em algo.

— Você tem prestado atenção nas coisas — aponto.

Ela pisca, repentinamente autoconsciente.

— Como eu disse, isso é discutido em casa o dia todo. Não tenho muita escolha.

Então, tudo desaparece. Todo o ardor politizado, as ansiedades sociológicas, o fervor do fanático. Como elétrons que mudam quando observados, Celia Favreau, ao notar que era observada, transforma-se de novo na mulher que, independentemente do que acredita, é esperta demais para provocar turbulências em uma cidade tão bonita quanto essa. Ela bebe seu vinho, que está quase no fim.

— Você não veio aqui para ouvir sobre isso, não é? — pergunta.

— É bom ver você entusiasmada com alguma coisa.

As bochechas rosadas ganham mais tonalidades. Eu a deixei constrangida, o que é uma vitória.

Então, ela meneia a cabeça.

— Você tinha perguntas, quero dizer.

— Claro, tenho perguntas, mas não é por isso que vim aqui, Cee. Vim ver você. Ver o que está acontecendo. As outras questões podem ficar para depois.

— E qual é seu veredito?

— Não tenho veredito — minto, então adiciono uma pitada de verdade. — Ainda estou reunindo informações.

Outro gole, e a taça dela fica vazia. Sua mão percorre a toalha de mesa de linho, então a unha aparada do dedo indicador coça as costas da minha mão.

Não consigo resistir: por um momento, volto no tempo, no restaurante Bauer, e, mesmo no inferno que foi o Flughafen, ela parecia tão bem, tão centrada. Perguntei: "Quer morar comigo?" E ela respondeu "com você?" para ganhar tempo. Para manter o controle. Eu tinha tudo esquematizado: uma nova etapa em nossas vidas, um modo de vivermos um pouco mais como as pessoas que víamos nas calçadas. Um modo de sermos humanos.

Com o toque dela, minha atenção voltou-se para a parte de baixo da minha anatomia. Preciso mijar, mas não quero perder o toque dela. Vou ficar aqui até explodir.

— A falta de informações nunca prejudicou sua capacidade de julgamento, Henry. Me diga o que está pensando.

Fico aqui ou vou ao banheiro? Com o aumento da pressão na minha bexiga, é só nisso que penso. Luto ou fujo? Viro minha mão, pego a dela, e, com um sorriso, aproximo seus dedos da minha boca. Um beijo, dois.

— Eu vou te falar tudo, querida. Assim que lidar com assuntos mais urgentes.

É a maneira mais elegante que encontro de escapar.

10

Os mictórios do mundo todo fazem parte de uma fraternidade, reunida em torno da insistência masculina em ficar de pé enquanto se alivia. Será que é a evolução? Um modo de se manter sempre alerta? Ou é simplesmente preguiça? Nós, humanos modernos, estamos tão desconectados dos nossos instintos e tão ligados ao nosso ócio que desconfio de que a última opção seja verdadeira, enquanto fito o jato amarelado e barulhento que sai do meu corpo e que foi visto pela última vez acima de Carson City.

Ao contrário da funcionalidade descartável da maioria dos banheiros públicos, este foi decorado com fotos emolduradas de vilarejos gregos, construções de argila branca que, em declive, levam a águas azuis. Em uma delas, reconheço Santorini, onde tirei férias desastrosas com Matty em uma de nossas últimas excursões juntos. Os monólogos nunca acabavam, nem nas avenidas repletas de lojas, nem na praia, nem nas pedras que escalamos, nem nas mesas dos restaurantes, nem mesmo na cama, o que era triste. Ao relaxar no cenário árido da linda Santorini, banhado pelo sol forte do Mediterrâneo, eu me vi sonhando com Celia. Celia, que conhecia os limites das palavras e ficava feliz em abrir mão delas.

O fluxo de água é menor que o de costume, pois este é um mictório de baixa pressão, adaptado para o racionamento de água na Califórnia — outro sinal da chegada do apocalipse. Uma placa em inglês e espanhol avisa aos empregados o modo correto de se lavar as mãos. Leio só para ter certeza de que fiz certo, então olho para o meu reflexo no espelho pouco iluminado e finalmente me deparo com a imagem que ela vê. Não é encorajador. Não estou bêbado, mas cansado — pálpebras baixas, olhos vermelhos e, no meu queixo, uma mancha de... quê? Óleo? De onde? Esfrego o local com sabão líquido até que o borrão desapareça, deixando uma mancha vermelha.

Por que ela não me avisou?

Quando me viro para usar o secador de mãos, algo em meu bolso bate contra a pia, e isso é tudo de que preciso para retornar à realidade.

O motivo de estar aqui.

OK, talvez eu esteja um pouco tonto enquanto seco as mãos no lamurioso secador de ar quente e, então, apalpo o Siemens, lembrando de ligar o gravador. Um medidor vermelho-amarelo-verde me mostra a altura do som.

— Um, dois, três — digo e observo o medidor. — Testando.

Guardo o aparelho de volta no bolso e, reunindo determinação como se estivesse colhendo arroz, volto ao restaurante, quase tropeçando na garçonete de rabo de cavalo quando ela passa com uma pequena bandeja de entradas.

Sigo a garota pelo restaurante, algumas vezes indo mais devagar para não esbarrar em suas pernas longas e hipnotizantes, antes de perceber que as entradas são para nós. O sorriso dela, quando sento à mesa, me parece novamente de pena.

— Espero que você tenha lavado as mãos — comenta Celia.

— Usei até sabonete antibacteriano.

— É uma pergunta que faço toda hora hoje em dia.

— Drew não lava as mãos? Ouvi falar disso em relação aos republicanos.

Ela pisca, dando mais crédito que mereço.

— Então vai ser assim, é?

Durante a rápida troca de palavras, nossa garçonete ficou aguardando pacientemente ao nosso lado com a bandeja na mão. Ela agora serve nossas entradas, identificando cada uma delas.

— Para a senhora, salada de queijo de cabra com rúcula, ervas e emulsão de balsâmico. Para o cavalheiro, muçarela fresca enrolada em bacon marinado no mel com uma porção de rúcula.

Pelo menos terei um ótimo registro da nossa refeição.

A garçonete nota que esvaziamos nossas taças, e aceitamos o convite dela para beber mais. Quando se afasta, não consigo deixar de olhar para aquelas pernas enquanto vagam entre as cadeiras. Em uma das mesas, um homem gordo e careca, com uma edição do *San Francisco Chronicle*, tenta atrair sua atenção. Ele atrai a minha, porque eu o reconheci do aeroporto. O pão-duro do hatch que não me lembrava de estar no voo.

— Sim, ela é muito bonita — afirma Celia. — Mas muito jovem para você.

Envergonhado, faço que não com a cabeça.

— Só reconheci uma pessoa.

Celia vira para trás na cadeira, e vejo como ela prendeu o cabelo usando uma presilha de casco de tartaruga, a fim de manter as mechas castanhas longe da comida.

— De onde?

— Não seja indiscreta — repreendo, e ela se volta para mim, agora também envergonhada.

— Desculpe. Uns anos fora e a sutileza vai toda embora.

— É apenas alguém do aeroporto. Não importa.

— Talvez *importe* — sugere ela, o rosto sério antes de abrir um sorriso condescendente. — Lembre-se, querido. Esse não é o mundo real. Você pode baixar a guarda aqui.

Posso baixar minha guarda, mas ela não deveria fazer isso.

— Seu bacon está com um cheiro divino — comenta ela.

Eu parto um pedaço de muçarela e bacon e ofereço a ela. Surpreendentemente, Celia pensa a respeito, como se aquilo merecesse uma análise cuidadosa. Preocupação com o peso, talvez.

— Viva um pouco — digo a ela. Aproximo a mão de sua boca ainda tão bonita e, assim que sua língua toca a gordura do bacon, os olhos dela se fecham, os lábios envolvem o pedaço, e ela pega tudo do garfo.

— Hmm — murmura.

Sim, é delicioso. E nós dois comemos com prazer. Olho ocasionalmente para o executivo na mesa distante lendo seu jornal entre goles de vinho tinto. A carne de porco salgada me deixa com sede e, bem a tempo, nossa garçonete traz novas taças.

— Eu não deveria beber muito — diz Celia quando passo o dedo em seu rosto e tiro um pedaço de rúcula. Admiravelmente, ela não recua. Apenas fala: — Ainda preciso colocar as crianças para dormir.

— Drew não pode fazer isso?

Ela responde afirmativamente com a cabeça, quase na defensiva.

— Ele é incrível com as crianças, na verdade. De vez em quando, acho que, se eu sumisse, eles nem iam notar a minha ausência. Ele dedica todo o tempo a eles.

— Exceto quando está ajudando os republicanos.

— Pare com isso.

A garçonete retira nossos pratos. Levanto minha taça.

— A novas maneiras de viver.

Dessa vez, ela hesita. Talvez sinta minha ironia. Talvez eu esteja bêbado o suficiente para deixar meus sentimentos transparecerem por minhas palavras. Sei lá. Mas, então, ela sorri, brindamos com nossas taças, e Celia bebe. Ela coloca a bebida na mesa antes de mim e me encara, lendo algo em meus olhos.

— E então? — pergunta ela.

— E então, o quê?

— Se você vai me perguntar sobre Viena, é melhor fazer isso antes que eu apague.

Involuntariamente, minha mão direita vai para meu bolso, tocando o Siemens. Do outro lado do recinto, o executivo de pavio curto devora uma entrada. Celia aguarda para ser interrogada.

11

Porém, quando abro a boca e repasso o roteiro, uma variação improvisada do mesmo que levou Bill às lagrimas, Celia levanta o dedo em riste.

— Não espere muito de mim.

Fecho a boca, uma expressão curiosa.

Seu dedo se move para a cabeça e dá umas batidinhas nela.

— Não sei quanto ainda lembro.

— Por causa do Frontal?

Ela balança a cabeça, ainda mantendo firme o sorriso.

— Há colecionadores de memórias e há todas as outras pessoas — diz ela. — Desprendidas? Sei lá. Mas sou uma delas. Você se lembra do meu apartamento na Salmgasse?

— O desocupado.

— Mais do que isso, Henry. Era vazio. Todas as vezes que eu me mudava, cortava minha vida até o básico. As pessoas fazem isso quando são jovens, mas, ao contrário delas, eu não tinha o sótão dos meus pais para encher aos poucos. Não aluguei um armazém no Queens. Só desencanei, e cada vez que jogava fora velhas fotos e cartas, sentia uma ponta de prazer. *Pronto*: uma parte da minha história se foi. Aquele grupo de amigos desapareceu. Essa coleção de lembranças constrangedoras não pode mais ser descoberta por alguém vasculhando minhas coisas. — Ela pega a taça de vinho, toma um gole e pensa. — A questão sempre foi o futuro. Como é mesmo aquela frase sobre o passado?

— O passado é outro país?

Ela aceita minha citação incompleta.

— Tenho 45 anos agora. Meus filhos estão começando a perguntar sobre aquele outro país. Os pais dos amiguinhos mostram vídeos caseiros e álbuns de fotos e convidam parentes idosos para contar histórias. O que eu faço? Desvio a atenção deles. Os amiguinhos ganham uma história longa. Meus filhos não ganham nada.

Não tenho certeza de como responder a isso. Ela está falando da criação dos filhos ou dos seus erros do passado? Qualquer que seja o caso, espera uma resposta construtiva ou está apenas extravasando suas ansiedades para que eu possa admirar as dificuldades da paternidade? Matty era assim, com seus discursos ininterruptos de uma hora. Se a interrompesse com uma solução possível para os problemas dela, receberia um olhar desconfiado seguido de um sermão sobre minha incapacidade de *conhecê-la*.

Mas Celia não é Matty — pelo contrário. Eu digo:

— Crianças são fortes. Também nunca ouvi muitas histórias quando estava crescendo. Você sabe como foi. — Ela sabe. Um avô alcoólatra e abusivo, que aparecia mudo e cheio de remorso nos encontros de família, e cuja história de violência havia deixado o seu clã em silêncio. — Tudo vai fazer sentido quando eles forem mais velhos. Ficarão felizes de não terem sidos sobrecarregados por todas essas conexões.

— Até terem filhos.

— Se tiverem filhos.

— Eles que não inventem — retruca, com a velha língua afiada. Ter netos é algo que ela já dá como certo. — E é bom que eu dure o bastante para que possa brincar de cavalinho com eles na minha perna.

Não me dou ao trabalho de lhe prometer nada.

Ela bebe mais vinho, todo de uma vez agora, a pele da sua garganta contraindo e expandindo, então repousa o copo na mesa.

— Estou pensando em escrever um livro.

Eu aguardo.

Com um dedo circulando sua têmpora, ela diz:

— Memórias. São um problema. Você joga fora todas as evidências do seu passado e, então, começa a esquecê-lo. E ele pode não ser bonito, mas é tudo que tenho. Por isso tenho feito umas anotações. Algo para deixar para as crianças.

— É melhor você pedir autorização.

— Não estou pensando em *publicar* nada, Henry. Talvez colocar umas duas cópias em um cofre no banco, para quando forem maiores. Ou depois da minha morte. Talvez seja melhor.

— Muita coisa pesada?

Ela suspira; sinto o cheiro de taninos e menta — desinfetante bucal ou chiclete.

— Bem pesadas.

— Adoraria ler.

— Não diga.

Sobrancelhas arqueadas, um rápido passar de língua nos lábios. Eu observo.

— Só estou avisando — diz ela. — Talvez eu erre alguns fatos.

— Você já me disse para não te levar ao pé da letra, Cee.

— Disse? — Um sorriso. — Não me lembro.

Minha expressão reflete a dela quando tomo outro gole de vinho.

— Isso não deve sair do básico — explico. — A maioria é dúvida cronológica. Quero que você descreva o que lembra quando eu falar algumas palavras. Me conte sobre Bill. Suas responsabilidades. Então, abrimos caminho até chegar ao Flughafen.

Ela apoia seus antebraços na mesa, cotovelos juntos e mãos entrelaçadas. Uma empolgação de mocinha.

— Sou toda sua.

— Quem dera — digo, sem pensar. Mas o sorriso dela não entrega nada. — Gostaria de começar pelo seu cargo em 2006, trabalhando para Bill.

— Você já não sabe tudo sobre isso?

— Bem, você não me contava muito, e Vick nunca se preocupou em me explicar. Eu sabia que era melhor não perguntar nada.

Ela coloca os braços de volta no colo, considerando minhas palavras. Então:

— Quer gravar nosso papo?

Balanço a cabeça negativamente, então toco na minha têmpora.

— Não quero a Interpol pedindo a gravação mais tarde. Você pode dizer algo que não deseja compartilhar.

Ela parece apreciar minha discrição; então sua mão reaparece, atravessando a mesa novamente até segurar a minha.

— Você está me protegendo, não está?

— Sempre — minto.

12

EVIDÊNCIA
FBI

Transcrição de cartão de memória de celular retirado da casa de Karl Stein,
CIA, em 7 de novembro de 2012. Investigação sobre as ações cometidas
pelo Sr. Stein em 16 de outubro de 2012, arquivo 065-SF-4901.

CELIA FAVREAU: É dezembro de 2006. Viena está no meio da Euro-
-foria, com uma economia em expansão e a sensação de perten-
cimento à união. Como sempre, há preocupações — membros da
direita lembrando a todo mundo da Áustria *über alles*, colocando
em desespero as ondas de imigrantes turcos e do antigo bloco do
Leste Europeu — mas, na grande maioria, é uma capital de esta-
bilidade tediosa, sua economia ainda não abalada pelas práticas
hipotecárias do Ocidente.

Lá estou eu, Celia Harrison, uma oficial da inteligência trabalhando sob o comando de William Compton, que não gosta de
ser chamado de "Wild Bill", o que não nos impede de chamá-lo
exatamente disso. Um comandante mais velho que se lembra do
Wild Bill Donovan original, dos desastres dos paraquedistas na

Albânia e na Tchecoslováquia, das humilhações vietnamitas e do falso alvorecer da perestroika. Ele estava cansado na maior parte do tempo e curvava-se facilmente aos comandos de Sally, tanto que nenhum de nós levava suas ordens particularmente a sério. Essa é outra maneira de dizer que ele era um chefe excelente, e não estou feliz de saber que foi completamente arruinado por sua esposa egoísta.

Mas você quer funções, não quer? Então, a estação de Viena, quase toda sob um disfarce diplomático. Liderada em 2006, como continua sendo até hoje, pelo fiel Victor Wallinger, chefe da estação, e seus quatro discípulos. Leslie MacGovern, gerenciamento de extração. Dois oficiais de operação: Ernst Pul, que um dia já foi austríaco, e o velho e querido Bill. O quarto, você deve se lembrar, era Owen Lassiter, que operava algo relacionado a códigos. Não tenho certeza do que ele fazia, mas só durou oito meses antes de pegar uma pistola do depósito, levar para casa e dar um tiro na cabeça. Owen era um pequeno nobre americano, parente daquele senador do Wyoming, e eu acho que isso tornou quem ele era e o suicídio ainda mais chocantes. Esperávamos um babaca do ensino médio, mas, em vez disso, encontramos o soturno Owen. É por isso que a Interpol está tão interessada?

HENRY PELHAM: Acho que não.

CELIA FAVREAU: Bem, acredito que eles não deem a mínima.

De qualquer maneira, fui retirada das ações nas ruas em 2005, promovida de não-oficial para oficial, e, por mais de um ano, fiquei trabalhando para Bill, monitorando nossas redes ao redor da cidade, algumas que eu mesma ajudei a formar. Tínhamos nos infiltrado na comunidade muçulmana, que era majoritariamente pacífica e estava encolhida de medo, e na comunidade russa, que era uma espécie de Suíça com espiões. Os mafiosos locais nos auxiliavam ocasionalmente, mas não eram muito divertidos — só ajudavam em assuntos de negócios, nunca com informações de inteligência. Nosso interesse verdadeiro era na Bundesversammlung e, ao longo dos anos, angariamos políticos suficientes para ter uma boa compreensão das mudanças e oscilações da política nacional. Tanto que Ernst procurou Bill e eu para descobrir o que estava acontecendo lá, em vez de ir atrás dos seus próprios contatos.

HENRY PELHAM: Você gostava?

CELIA FAVREAU: Do quê?

HENRY PELHAM: Você era feliz lá?

CELIA FAVREAU: Você lembra como era — pode dizer. Eu era ocupada. Estava sempre em ação, organizando reuniões e interrogando fontes relutantes. Era o tipo de carreira que sempre desejei ter e, embora houvesse um certo perigo, o único risco real era ser chutada para fora do país. Tinha um chefe que eu adorava. Tinha um plano de saúde de funcionária pública. Tinha... Bem, tinha você, não tinha? Meu melhor amante e uma rocha em que podia me apoiar depois do expediente. Você ainda estava trabalhando nas ruas, então, mesmo que não sentisse a excitação do perigo, eu podia experimentar isso religiosamente quando passávamos a noite juntos. Não me importa o que eles falam, Henry. Uma garota pode, sim, ter tudo o que deseja.

HENRY PELHAM: Aparentemente, não. Pelo menos, não você.

CELIA FAVREAU: Claro, mas isso foi mais tarde. Antes do Flughafen, eu não pensava no futuro. Ainda estava na casa dos trinta e muito ocupada para pensar em filhos. Era o melhor momento da minha vida, e eu vivia em um mundo em que conseguia enxergar por baixo da superfície da realidade mundana. Quando Herr Fischer declarou algo em uma coletiva de imprensa, eu era uma das poucas pessoas que sabiam o que ele realmente estava dizendo e o porquê. Sabia quais políticos tinham sido intimidados por medo ou ganância, e quais resistiram a essas pressões. Sabia quem era admirável ou não, e sabia que a imagem pública deles quase nunca representava a verdade.

Sabia, por exemplo, sobre Helmut Nowak. Você se lembra dele? Em 2005, ele ocupava uma cadeira no Bundesrat pelo Partido Verde fazia dez anos e, de repente, renunciou. Razões pessoais, foi o que disse para seus constituintes. Os jornais especularam que ele estava sendo pressionado para sair pela nova geração do partido — a ala de anticapitalistas radicais —, mas eles entenderam errado. Foi a direita que o expulsou, mais especificamente o Partido da Liberdade, que obteve provas de um garotinho com quem ele tinha se engraçado durante seus anos no governo municipal. Razões pessoais, sem dúvida.

Aquele foi o auge, Henry. Quando eu ouvia verdades amplamente aceitas e era capaz, na maioria das vezes, de virá-las do avesso e ler nas entrelinhas, onde os segredos se escondiam.

Lembro que, antes de me mudar com Drew, estava falando com Sarah — a senhorita Western — e ela simplesmente não conseguia acreditar que eu seria capaz de deixar aquela vida para trás. Entendi o que queria dizer — a maioria de vocês achava que eu havia chegado ao fundo do poço ou que estava casando por dinheiro.

HENRY PELHAM: Eu não.

CELIA FAVREAU: Não tem problema. Talvez essa teoria tenha um quê de verdade. Mas se você a revirar, verá exatamente o contrário. Vir para cá e ter filhos sempre foi meu destino. Meus pais, antes de morrer, me ensinaram a ser como eles e foram bem-sucedidos nisso. Sem a segurança de uma família ao meu redor, não me sinto completa. É verdade. O problema era que meus anos na Agência foram como um vício. Eu ficava inebriada pela adrenalina do conhecimento secreto, focada demais na próxima dose de empolgação para sequer pensar sobre o que me deixaria completa. Você entende? A questão não é por que me mudei com Drew para cá. A questão é: por que não fiz isso dez anos antes?

13

Ela fala fluentemente e sem restrições, dando voz a Celia 1, a mulher que sabia como controlar uma conversa desde o começo até sua inevitável vitória ao fim dela. A Celia que sabia como contar uma história, inventar detalhes de última hora, e atraí-lo a um labirinto de fabricações composto de tanta autenticidade que você nunca, nem mesmo anos depois, saberia se tinha sido feito de bobo.

O que me faz pensar sobre as diferenças entre essas duas mulheres. Há alguma? Celia 1 era uma manipuladora profissional, enquanto Celia 2 é desconcertantemente sincera, o que leva à suspeita inevitável de que Celia 2 é a falsa, um fantoche cujos fios estão sendo cuidados e controlados pela mulher com quem um dia dividi a cama.

Ou seria como ela insiste em dizer? Celia 2 sempre estivera ali, embaixo da carapaça que era Celia 1? Estou finalmente frente a frente com a Celia real depois de todos esses anos?

Isso, tenho de admitir, é uma perspectiva inebriante. Faz com que eu questione a ideia primordial do amor. Qual delas estive carregando dentro de mim durante todos esses anos? Celia 1? Isso significa que amei alguém que nunca existiu? Eu senti, de alguma maneira mais profunda, a outra Celia se escondendo por baixo da superfície e me apaixonei por Celia 2? Ou — e essa é a opção preocupante — uma delas teria me permitido construir a mulher que eu desejava amar? Seria minha Celia, aquela que me mantém acordado noites a fio, apenas um reflexo dos meus desejos?

Todos esses autoquestionamentos complicados, eu sei, não são sinal de grande sabedoria, nem de minha franqueza, pois nunca admitiria ter feito essas perguntas. Certamente não para ela. Em vez disso, são um sinal de minha confusão. Estou sentado aqui, em frente à picareta que partiu meu coração, e não sei o que fazer. Há o trabalho, aquele que viajei por meio mundo para completar — em meu bolso, afinal de contas, um celular está gravando todas as nossas palavras. Mas há também minha saúde emocional. Ela me confunde. Observo-a falando, sinto seu cheiro ocasionalmente e o raro toque de sua mão, tudo enquanto me pergunto a questão mais simples: ainda amo essa mulher? Seria ela, como um dia cheguei a acreditar profundamente, a única pessoa a quem eu me comprometeria alegremente até o dia da minha morte? Enquanto ouço seu discurso seguro, sinto que sim.

Mas e o trabalho? E Treble, minha arma secreta?

— A inteligência agindo como uma droga — digo. — Gosto disso. Vick como um traficante. Eu como...?

— Você é o traficante, Henry. Vick é o comandante do tráfico.

— Certo. O que faz de você...?

— Uma viciada recuperada — responde, sem hesitar. — E espero que você não esteja tentando me atrair de volta para aquela vida infeliz.

Balanço minha cabeça. Posso sentir uma vontade enorme de arrastá-la de volta para Viena comigo, mas vendo Celia aqui, no seu ambiente, a ideia vai se tornando mais e mais impraticável. Apesar do vinho, desisto dos meus sonhos.

— Conte-me sobre o Flughafen — peço.

Se quero estragar nossa conversa, essa é a melhor maneira. É um assunto conscientemente evitado em várias partes do mundo: Viena, Londres e Carmel-by-the-Sea. É como trazer à tona o estupro de alguém amado na frente de outras pessoas, pois somos todos distintos e cada um de nós viveu uma experiência diferente do incidente do Flughafen. O assunto faz alguns se calarem. Outros ficam mais tensos e passam rapidamente à raiva. Bill caiu em lágrimas.

Celia, por outro lado, se inclina para frente. Isso é algo novo. Ela toma o restante do seu vinho e acena para a garçonete, apontando para nossas taças.

— O que você quer saber sobre o Flughafen? — pergunta ela em um tom leve, aéreo, casual.

— Que tal começarmos com um panorama geral? Depois podemos entrar nos detalhes.

— Todo mundo conhece o panorama geral — responde ela.

— Mesmo assim — insisto. — É bom ter certeza de que estamos no mesmo barco.

— Pensei que sempre estivéssemos no mesmo barco, Henry.

A garçonete se aproxima com novas taças e um sorriso no rosto. Talvez o barman esteja fazendo piadinhas sobre mim. Talvez eu o esteja ajudando a transar com ela. Ou talvez o sorriso não tenha nada a ver comigo; não sou o centro do universo, afinal. Improvável, mas possível.

Celia levanta sua taça quando a garçonete se afasta.

— Um brinde a você, tentando embebedar uma mãe indefesa. Toco minha taça na dela.

Seu brinde espertinho me faz sonhar novamente.

CELIA

1

Pelo vidro da janela, consigo ver que é uma manhã brilhante e espetacular. Daquele tipo que revigora no momento em que você abre os olhos e gera, mesmo que momentaneamente, uma onda pegajosa de otimismo. A sensação permanece, mesmo depois que desvio o olhar para o homem cochilando calmamente ao meu lado. Um erro de um ano inteiro — foi isso que ele pareceu na noite passada, e meus últimos pensamentos conscientes antes de dormir foram sobre escapar, como me desalojar de seu abraço. E agora? É como mágica.

Diante de uma manhã como essa, esqueço os ciúmes dele e sua autopiedade, seu ego frágil e seus hábitos desleixados. Visto sob essa luz, Henry é um homem no sentido enciclopédico da palavra, uma criatura de quase infinita capacidade para se esforçar e mudar. Naqueles minutos antes de Henry abrir os olhos e bocejar na parte de trás da mão, quase acredito que sou um adjetivo que nunca aplicaria a mim mesma na noite passada: sortuda.

Essas manhãs não são comuns no inverno cinzento da Áustria, então você aprende a apreciá-las, mesmo quando sabe que não deve depositar esperanças no futuro. É uma faca de dois gumes.

Enquanto nossas expectativas são tudo que nos mantêm andando, quando frustradas elas se tornam a fonte de toda nossa tristeza.

Pronto: seus olhos se abrem.

— Oi — cumprimento.

Henry não diz nada; apenas olha rápido para mim, na janela, e então, com um grunhido silencioso, coloca o travesseiro sobre a cabeça.

Expectativas sempre decepcionam.

Caminho para a cozinha e coloco a água para ferver, pensando sobre isso. Não sobre expectativas, mas sobre *isso*: esse lance que Henry e eu temos, agora há mais de um ano. De vez em quando, é melhor começar do início.

Eu havia chegado um ano antes dele, então fiquei com a responsabilidade de mostrar a cidade e apresentá-lo aos agentes que iria coordenar. Considerando de onde veio, Vick me pediu para conectá-lo com a comunidade russa, mas, depois de alguns encontros, notei que Henry ficou perturbado. A esposa de um executivo ucraniano começou a alfinetá-lo sobre o papel dos Estados Unidos no sucesso de Putin e ele perdeu o controle:

— Não acuse a porra dos poderes estrangeiros de não fazerem o que vocês não conseguem fazer sozinhos.

A mulher, abalada, segurou a bolsa contra a barriga, e precisei intervir para acalmar todo mundo. Ela acabou voltando para Kiev, mas antes de viajar havia se tornado uma das melhores fontes de Henry.

Embora tenha chegado antes, gradualmente tornou-se óbvio que eu era a oficial júnior quando o assunto era método de trabalho. Eu me aproximava dos meus agentes da mesma maneira que fazia em Dublin, com calma e tranquilidade. Isso geralmente funcionava, mas, quando não dava certo, eu nunca me culpava. Espionagem não é contabilidade; não há garantia de sucesso. Henry, por outro lado, levava as falhas para o lado pessoal e, apesar

— ou por causa — da sua abordagem emocional, ele ganhava com mais frequência do que perdia. Os agentes conseguiam perceber o comprometimento no rosto dele; sabiam que era humano por causa de suas explosões. E eles respondiam a isso.

Não importa quão bem-sucedido você seja com suas fontes, a vida de um oficial da inteligência é repleta de horários vagos, então Henry e eu passávamos metade de nosso expediente nos cafés de Viena — o Hawelka, o Museum, o Sperl, o Prückel; revezando os locais constantemente, por segurança. Depois dos assuntos cansativos de trabalho, discutíamos coisas que sabíamos bem que não devíamos falar. De onde viemos? Como paramos aqui? Para onde iríamos depois? A última era a mais difícil para mim; só tinha uma vaga ideia de aonde estava indo. Família? Claro, um dia. Estados Unidos? Algum dia, quando eu cansar daqui.

Depois que ele começou a levar mais a sério, seu flerte era uma maravilha da sedução desajeitada. Mencionei certa vez, de forma casual, que havia me entrosado na cultura rave em Dublin e, apesar dos neandertais truculentos e da juventude chapada da Irlanda, havia me surpreendido por gostar tanto de dançar ao som dos bips e blips da *house music* europeia. Bastou esse comentário para ele me arrastar para casas noturnas badaladas por toda Viena, onde precisei testemunhar suas danças constrangedoras e tentei não me envergonhar por ele. Mas Henry me conquistou, nem tanto pela sedução, mas pela persistência. Quando um homem te deseja de verdade e está disposto a esperar por meses enquanto você experimenta outros homens, não há como não ficar intrigada. Eu até mesmo aprendi a apreciar suas danças ridículas.

O sexo — além da pegação em alguns becos austríacos — não veio até que eu me mudasse para a embaixada e meu tempo livre ficasse escasso. Essa perda de tempo repentina permitiu que conseguíssemos aproveitar melhor nossas poucas horas juntos. Ou talvez tenha sido porque, depois de reconhecer sua habilidade como coordenador de agentes, quis estabelecer minha superioridade burocrática antes de deixá-lo montar em mim. Não sei. Só sei que, agora, um ano e três meses depois, acordo de vez em quando em seu apartamento bagunçado na Florianigasse, abro a geladeira e vejo o estoque de coisas que acrescentei à sua coleção: leite de soja, ovos e queijo orgânicos ("bio", como chamam aqui). Também tenho uma gaveta — a do canto superior direito — com calcinhas e alguns produtos de higiene feminina de emergência, assim como uma escova de dentes. Isso poderia ser encarado como um progresso, mas não é. Meus pertences estão guardados no apartamento dele faz quase um ano, assim como ele deixou uma escova de dentes, um pente, cuecas e meias no meu apartamento. Estamos juntos no purgatório há um bom tempo.

As palavras se manifestam na hora do café; eu, sentada na beirada da cama, e ele, apoiado em uma pilha de travesseiros.

— Hora? — pergunta ele.

— Ainda temos um tempinho. Sem pressa.

Ele toma um gole, então franze a testa.

— Isso não é aquele leite de soja, é?

Balanço a cabeça.

— Tem um gosto estranho.

— Arsênico — digo, com uma piscadela. — Ocupado hoje?

Ele franze a testa em direção à janela. Henry, tenho certeza, tem um ponto de vista diferente do meu sobre o sol escaldante, pois vai passar boa parte do dia embaixo dele. É um fardo.

— Vick me mandou investigar um caso relacionado a bancos.

— Banqueiros.

— Sim. Certo?

Um sorriso, finalmente. É algo raro, mas, quando acontece, muda todo o formato do seu rosto e desperta em mim algumas lembranças:

Rindo à custa de políticos no Café Prückel.

Dividindo um bagre lindamente esculpido e cerejas nadando em pudim de baunilha no Steirereck.

Trocando carícias, despreocupados, em um beco de paralelepípedos perto da Fleischmarkt Straße, quando a neve começa a cair.

Na cama, suas mãos suadas agarrando meus tornozelos enquanto move os quadris mais para perto, sorrindo.

As imagens desaparecem assim que ele pega seu celular na mesinha de cabeceira e verifica as mensagens.

— Quer tomar café da manhã?

Ele lê as mensagens, estreitando os olhos, e balança a cabeça negativamente.

— Parece que preciso ir.

O que é outra maneira de dizer que eu também tenho que partir.

2

Embora sejam quase nove horas da manhã quando chego, Bill não está no escritório. Ele normalmente aparece por volta das oito e meia, o que eu, durante o último ano, interpretei como uma necessidade de escapar de Sally o mais rápido possível assim que acorda. Conheço os dois. Carrego dentro de mim o pavor de terminar em um relacionamento como o deles. Sally é uma tirana da pior espécie, pois nunca encosta um dedo em Bill, nunca manifesta fisicamente seu lado agressor. Bate nele com palavras, gestos corporais e silêncios brutais e seletivos. Bill, com toda a sua experiência na Agência, deveria saber disso, mas, aparentemente, não é o caso. De vez em quando, acho que ficou sob minha responsabilidade sentir a raiva que ele não tem força para carregar.

Pode não ser justo, mas passei a odiar Sally durante o último ano. Ocasionalmente, até toco no assunto com Bill, encurralando-o em uma imitação sutil da agressão dela, para que fique sentado e me ouça. Ele o faz, mas então começa a me contar histórias do passado dela. Sua mãe, por exemplo, era uma representação viva de crueldade e torturou Sally a vida toda. Seu primeiro marido, Max, a respondia literalmente com um tapa na cara. Mas me mantive impassível. Não caio nessa ladainha de traumas infantis.

Todos nós passamos por momentos difíceis. Meus pais ficaram enroscados em um poste elétrico dentro de um Subaru quando eu tinha 14 anos. A vida é dura. A única coisa que importa é como lidamos com o agora. Ou encaramos as difíceis decisões morais com respostas à altura, ou não. É o que separa os honrados dos cuzões. Ponto final.

Na minha caixa de entrada do e-mail, entre os detritos de spam diplomático, encontro uma mensagem urgente de Langley para Vick, encaminhada ao restante da equipe com um aviso de reunião em seu escritório, às nove e meia. É da Estação de Damasco, um resumo sucinto da conversa com uma fonte que batizaram de TRIPWIRE.

> Fonte TRIPWIRE: Espere nas próximas 72 horas um acontecimento relacionado a uma companhia aérea, em voo com destino à Áustria ou à Alemanha. Ponto de embarque incerto — Damasco, Beirute, Amã entre as possibilidades. Grupo: Aslim Taslam, embora os agentes principais provavelmente sejam recrutas de fora da Somália. Probabilidade: ALTA.

Não sou especialista nas inúmeras células islâmicas que apimentam o planeta, mas o Aslim Taslam esteve nas manchetes dos jornais nos últimos anos. Ex-membros do al-Shabaab, da Somália, se separaram do grupo por causa de disputas ideológicas (alguns relatórios sugeriram ter relação com o uso de dinheiro de tráfico de drogas para financiar operações) e, sob um nome diferente, se aproximaram da Ansar al-Islam, a organização sunita que surgiu no Iraque, agora localizada no Irã, para pedir ajuda. Talvez estimulada pelo governo iraniano, a Ansar al-Islam tinha dado apoio financeiro e logístico ao Aslim Taslam, compartilhando redes e planos operacionais. Cada vez mais ansioso, Langley observou à distância a cooperação crescente entre o que, em outra época, teriam sido grupos terroristas antagonistas. No último ano, o Aslim Taslam foi responsável por mortes e explosões em Roma, Nairóbi e Mogadíscio. O grupo está crescendo.

Como Bill ainda não chegou, às nove e meia me junto aos outros três no escritório de grandes janelas de Vick. Lá está Leslie MacGovern, cujo título, oficial de coordenação de extração, contradiz o fato de que ela é o cérebro modesto por trás do reinado de Vick. Com seus óculos de vovó, ela ri bastante; geralmente das piadas dele, mas também das próprias tiradas de vez em quando. Ela está com Vick há mais tempo que qualquer um de nós e domina a arte de se fingir de burra enquanto, ao mesmo tempo, transmite seus verdadeiros pensamentos em segredo. De todos nós, ela é quem melhor consegue fazer Vick parecer inteligente.

Ernst Pul é nosso espião naturalizado. Nascido em Graz, foi levado aos dez anos pelos pais acadêmicos para Atlanta, Geórgia, uma mudança que distorceu seu sotaque em uma mistura estranha: o austríaco despojado. Ele veste ternos de banqueiros suíços e possui uma arrogância austríaca que três décadas no sul dos Estados Unidos não apagaram. Suas peculiaridades funcionam bem aqui, encantando nossos colegas da Bundesamt für Verfassungsschutz — razão pela qual Ernst é nossa conexão direta com os austríacos.

Um pouco mais para o lado, abaixo de uma nuvem negra de chuva, senta-se Owen Lassiter, o responsável por códigos e criptogramas. Eternamente desanimado, ele pisca um bocado, como se fosse um visitante de um mundo escuro de uns e zeros, ou bips e blips, parecendo um frequentador de rave ao encarar a luz do dia. Eu queria gostar de Owen — acho que todos nós queríamos —, mas ele torna isso muito difícil.

Não é o tipo de turma com quem eu escolheria andar, e momentos assim me fazem desejar ainda estar nas ruas, como Henry, que provavelmente está tomando café com uma fonte, contando piadas e dividindo um cigarro. Mas, não — é da minha natureza ficar entre quatro paredes, com um aquecedor central. Henry e eu estamos exatamente onde deveríamos estar.

Vick — Victor Wallinger — sorri de maneira espalhafatosa detrás de sua mesa excessivamente limpa.

— Ouviu algo de Bill, Cee? — Balanço a cabeça. — Sally ficou doente, aparentemente.

Tento parecer preocupada. Leslie só se importa em dizer:

— Espero que não seja nada sério.

— Um desmaio, segundo Bill. Talvez seja estresse, mas ela está fazendo exames no Krankenhaus. Ele deve chegar por volta das onze, no máximo.

Concordo com a cabeça, desejando que Bill tivesse me ligado para avisar. Talvez seja algo sério, afinal. Talvez Sally esteja, neste momento, na agonia de suas horas finais, e Bill seja incapaz de enxergar a alegria que o aguarda em breve.

— Nossas preces — murmura Ernst, de forma pouco convincente, com o rosto enfiado em uma pasta.

— Claro — diz Vick antes de arquear as sobrancelhas. — E então? Aslim Taslam no nosso quintal. Qual é a nossa opinião sobre isso?

Ernst está preparado com uma opinião inequívoca.

— Na Alemanha, talvez. Mas Áustria? Impossível.

Quando olhamos em sua direção, esperando por mais detalhes, ele fecha a pasta.

— É uma questão de o que *querem*. Que as tropas saiam do Afeganistão? — Ele balança a cabeça e continua, em tom professoral: — Os austríacos possuem uns cem homens lá. Os alemães têm a terceira maior presença na Força Internacional de Assistência à Segurança: mais de quatro mil. Talvez queiram libertar alguns companheiros da prisão? Mesma coisa. Só há um punhado de militantes nas prisões austríacas, que são, por sinal, não muito diferentes de um hotel, enquanto as alemãs mantêm mais do que deveriam. Querem dinheiro? — Novamente, ele nega com a cabeça. — Atualmente, não. Eles não precisam, não com o apoio financeiro de Teerã. O que mais?

Ninguém nesta manhã parece disposto a confrontar a autoconfiança de Ernst, então digo:

— Estamos falando da União Europeia agora, não de nações separadas. Escolha o alvo mais fácil e exija o que quiser de qualquer um dos países membros. Você não precisa pousar em Frankfurt ou Berlim para enviar uma mensagem aos alemães.

Vick concorda.

— Boa colocação. Ernst, você precisa admitir que ela tem um bom argumento.

Ernst dá de ombros, pouco disposto a admitir qualquer coisa. Ele é assim de vez em quando.

Inesperadamente, Owen se pronuncia, embora faça isso com a mão sobre a boca, e precisemos nos inclinar para entender.

— A conversa on-line sugere algo mais amplo. Por segurança, TRIPWIRE só conhece parte da operação. É possível que eles queiram usar a Alemanha *e* a Áustria em um ataque coordenado. Não seria sem precedentes.

Todos nós, exceto Ernst, concordamos em apreciação a esse raro acontecimento: uma opinião de Owen.

— Mais argumentos bons. Leslie? — pergunta Vick.

Ela sorri e acena com a mão. Parece uma tia alegre, mas excêntrica.

— Não me pergunte, Vick. Até que tenhamos mais informações, diria que estamos atirando no escuro.

— A capacidade de admitir a ignorância é uma linda e rara virtude — filosofa Vick.

3

O mundo não espera por TRIPWIRE, muito menos Langley, por isso
passo o restante da manhã finalizando um relatório extenso sobre as
consequências das eleições legislativas de outubro passado na Áustria.
O partido Social Democrata obteve votos suficientes para romper a
coligação majoritária de 92 assentos dos conservadores do Partido do
Povo, dos nacionalistas do Partido da Liberdade e da Aliança pelo
Futuro da Áustria, que controlava o país de diversas formas desde
1999. Isso fez com que o governo perdesse o controle do parlamento.

Apesar de a retirada da Aliança de Jörg Haider do comando ser
favorável para nós, todos os nossos atuais esforços estão focados
em descobrir o que realmente está acontecendo nas negociações
entre os Sociais Democratas e o Partido do Povo, enquanto os dois
lutam para formar um governo funcional. Recebemos relatórios
diários de agentes infiltrados em ambos os partidos, mas às informações — faço uma observação à parte — falta fundamento, e por
esse motivo somos incapazes de prever o resultado. O que levanta
algumas questões: esse momento de indecisão pode ser usado para
nosso benefício? Ou seria inútil uma aproximação com o presidente
Heinz Fischer nesta conjuntura, considerando que o chanceler
Wolfgang Schüssel está apenas aguardando o fim do mandato?

Não, esse não é o tipo de trabalho que meu namorado faz, e não acho que ele seria bom nisso. Henry abomina a sopa de letrinhas dos partidos políticos austríacos. Para ele, o ÖVP, o SPÖ, o BZÖ e o FPÖ são "colecionadores de tremas" que não têm a oferecer nada melhor do que atores de segunda categoria. E os Verdes? "Vendidos." Culpo Moscou pelo pessimismo dele.

Estou prestes a enviar meu relatório quando, pouco antes das onze e na mesma hora em que Bill pisa fora do elevador, todos nós recebemos um e-mail encaminhado da Europol. Faço uma leitura rápida enquanto me levanto, então leio novamente.

Bill está um trapo. Olhos fundos, lábios úmidos e entreabertos, pulsos inchados como os de um velho alcoólatra, embora não seja um. Ainda não. Eu o sigo até o escritório e fecho a porta.

— Conte-me, Bill.

Ele se ajeita atrás da mesa, grunhindo, e passa a mão pelos cabelos grisalhos.

— Ela vai me matar, sabia disso?

— Ela está bem?

— Se é que você pode chamar isso de bem. — Suas mãos repousam na mesa. — Não me toquei na hora. Só agora, voltando para a embaixada. Não era de verdade. As dores no coração, o desmaio, o choro. É... Bem, sou vítima de um longo golpe. Foi isso que descobri. Ou faço parte de um experimento pavloviano. As recompensas e punições ficaram cada vez mais intensas, e agora ela subiu de nível. Antes, controlava meu comportamento ao me atacar. E então, ela descobriu como me controlar ao se atacar.

Sento de frente para ele, tentando entender.

— Isso significa que ela... *Não* está doente?

— É uma forma de doença — responde ele, então hesita. — O corpo humano pode fabricar doenças em um piscar de olhos. Por qualquer motivo, inclusive vingança. — Ele finalmente levanta os olhos e me encara. — Tentei deixá-la. Ontem à noite. Falei que estava indo embora. Foi então que ela começou a ter um dos surtos de sempre. Primeiro, me atacou. Quando se acalmou, sentiu dores no braço. Falou que não era nada. Que eu devia dormir, já que não me importava com ela. Então, claro, não dormi. Só fiquei ali, deitado, enquanto ela gemia de dor, sem aceitar minha ajuda. Hoje de manhã, ela foi fazer café e desabou no chão da cozinha. Sangue... ela *sangrou* pelo nariz. *Cristo*.

— E os médicos?

Ele balança a cabeça.

— Nada. Nervos, talvez. Mandaram ficar de repouso e passar a noite no hospital, em observação.

Penso em uma maneira de responder, mas minha boca nem se importa com isso. Ela pronuncia:

— Mais tempo para você tirar suas coisas da casa. Fique no meu apartamento.

Não estou nem mesmo ponderando se me mudar para o apartamento de Henry é uma boa ideia ou não; só quero que Bill se afaste daquele monstro.

Quando ele levanta a cabeça novamente, sei que ultrapassei os limites. Ele passa a língua nos lábios para tirar um pouco da umidade, mas não adianta nada. Bill está em frangalhos.

— Não é tão simples assim.

— Claro que é — rebato, sem dar bola para a parte de mim que sabe que não estou ajudando. — Todo mundo diz que não é, mas é. Ela é adulta. Pode tomar conta de si mesma. Faça uma visita, leve flores se quiser. Pague as contas do médico. Mas a doença dela não torna seu casamento mais suportável.

Um longo silêncio se segue enquanto Bill encara a tela do computador sem realmente enxergar. Ele funga duas vezes, então diz:

— Chega de egocentrismo. O que temos para hoje?

Detalho a reunião da manhã e ele balança a cabeça, começando a parecer humano novamente.

— TRIPWIRE, você diz?

— Sim.

— Havia algo...

Bill digita com determinação, e eu me inclino para trás, permitindo que ele escape para dentro da tarefa. Ele usa o trabalho para deixar de lado a realidade infeliz da sua vida. Os melhores de nós fazem isso.

— Sim. Aqui. Em 2004, TRIPWIRE nos forneceu um monte de merda sobre uma célula da al-Qaeda em Salzburgo. Perdemos muito tempo com o Ministério do Interior tentando convencê-los a invadirem um armazém. Vazio, claro. — Ele balança a cabeça. — Podemos ficar de olho nisso, mas diria que há oitenta por cento de chance de ele estar nos vendendo outro conto de fadas.

— Talvez — respondo —, mas cheque sua caixa de entrada. O e-mail da Europol.

Bill volta para o computador, rolando a página até achar a mensagem. É uma menção à chegada em Barcelona, dois dias atrás, de um tal de Mashood al-Fakeeh vindo da Jordânia com passaporte saudita. Os analistas acreditam que Mashood al-Fakeeh seria, na verdade, Ilyas Shishani, um radical checheno que supostamente juntou forças com o Ansar al-Islam. Não é preciso ser um gênio para ponderar se ele seria um dos coordenadores de operação que o Ansar al-Islam emprestou à Aslim Taslam para o "acontecimento relacionado a uma companhia aérea" referido por TRIPWIRE.

Bill certamente não precisa de nenhum estímulo. Ele lê a mensagem e ergue a cabeça, olhando sério para mim. Sem proferir uma palavra, concorda e se levanta. Está no comando de novo, usando o trabalho da maneira certa enquanto caminha para o escritório de Vick.

4

Instinto materno é a única explicação pela qual insisto em levar Bill para almoçar, mesmo sem fome. Instinto materno e pena. Então, pouco depois de uma da tarde, bato à porta e pergunto quando foi sua última refeição. Ele está curvado sobre o teclado, os cabelos grisalhos espalhados pela testa.

— Ontem à noite — responde, parecendo surpreso com a própria confissão.

— Arrume suas coisas. Vou te levar para um almoço no Dragão Dourado.

Levo um tempo para convencê-lo, mas a verdade é que, fora disparar um alerta para a vigilância de Ilyas Shishani e preocupar-se com certos rumores em Damasco, não há muito o que fazer.

— Você não vai almoçar com o Sr. Perfeito? — pergunta.

— Ele está do outro lado da cidade. Interrogando as redes. Seguindo pistas.

— A-há — diz Bill, balançando as sobrancelhas, até finalmente ceder. — Mas eu pago.

— Sim, senhor.

O restaurante Goldener Drachen fica nas proximidades, no fim de uma escadaria íngreme sob uma típica monstruosidade vienense, na parte sul do parque Liechtenstein e dos jardins do palácio. Assim que descemos, um homem desconcertantemente alegre nos leva ao salão principal, lotado de servidores públicos de várias nacionalidades se aproveitando dos preços do *Mittagsmenü* e cercado por dragões enroscados e caracteres chineses ornamentados em vermelho. O Dragão se autoproclama o primeiro restaurante chinês da Áustria e, por causa das fotos de personalidades famosas sorrindo ao lado do dono ao longo de várias décadas, não é difícil de acreditar.

Estamos com sorte: há uma mesa livre ao lado do aquário. Quando nos sentamos, Bill bate irreverentemente no vidro, assustando a vida aquática. Pedimos chá e passamos o olho pelo cardápio. Ao contrário dos servidores públicos ao nosso redor, não somos capazes de limitar nosso paladar ao menu fixo do almoço, então terminamos pedindo um banquete misto: rolinhos primavera, grelhados variados, sopas de wonton e ovos, frango Hou-You com molho de soja e pato Sichuan. O chá é servido, fazemos nossos pedidos e, assim que ficamos sozinhos, Bill volta sua atenção ao aquário e suas tiras de algas falsas, por onde peixes exóticos nadam depressa e se escondem.

— Quer conversar? — pergunto.

Não tenho certeza se ele me escutou. Seu olhar não muda. Então, ele fala para os peixes:

— Prefiro ouvir sobre você e Henry. Como vai a utopia?

Bill quer se distrair dos problemas, e não vejo razão para desapontá-lo.

— Complicada. Nenhum de nós é do tipo que gosta de compromisso.

Ele sorri, finalmente olhando para mim.

— Isso se chama medo. Sempre pensando em todos os ângulos. Protegendo a si mesmos até se excluírem. Estou tentando me lembrar de algum casal de agentes que terminaram em um relacionamento bem-sucedido. Ou tão bem-sucedido quanto os relacionamentos podem ser hoje em dia. Não consigo.

Percebo que isso é uma declaração importante. Ele trabalha na área desde que comecei a usar fraldas.

— Não encare isso como uma crítica, Cee. Não é como se o restante do mundo estivesse melhor. A maioria dos casais só leva mais tempo para se separar. Isso não torna o que os outros têm mais recompensador ou valioso. Apenas mais duradouro.

Ele está falhando, como qualquer pessoa sobrecarregada pela culpa falha. Sua tentativa de se distrair com minha vida amorosa simplesmente o atrai para a própria relação. Então, ofereço mais.

— Estamos juntos há mais de um ano, mas sinto, de vez em quando, que o conheço tanto quanto no primeiro dia em que fomos apresentados. Não que isso seja ruim. O mistério ainda está forte para nós dois. Mas aí é que está. Fico me perguntando se essa falsa aura de mistério não é a única coisa que nos mantém juntos.

Ele apoia o queixo na mão e me observa com piedade, então sigo em frente.

— E penso, geralmente à noite, quando estou deprimida, que nós dois estamos muito esgotados da raça humana. Acreditamos que, quando o mistério for solucionado, restarão o mesmo esforço cansativo, as mesmas cicatrizes emocionais e as nuvens negras infantis que todo mundo possui. Nada especial. Nada que mereça a dedicação de uma vida inteira.

— Bem, isso é bastante desanimador, não é? — comenta ele, inclinando-se para trás.

— É? Pensei que era pragmático. Pensei que estava sendo adulta.

Um sorriso, então; percebo que é seu primeiro do dia. Mas, antes que ele possa abrir a boca para responder, seu celular toca. Um segundo depois, o meu também. Recebemos a mesma mensagem, da mesma fonte:

VERMELHO

O sorriso se esvai, e suspeito que não o verei de novo tão cedo. Ele acena para o garçom enquanto recolho nossos casacos na entrada. Quando olho para trás, ele está enfiando euros nas mãos do garçom e dando tapinhas em seus ombros, recebendo meneios cordiais de cabeça em troca.

— Eles vão entregar — avisa ao pegar seu casaco das minhas mãos.

Mantendo um ritmo acelerado de volta à Boltzmanngasse, ele diz:

— Você deveria se permitir cometer erros.

— O quê?

— As pessoas são definidas menos por suas conquistas, e mais pelos fracassos que as levaram ao lugar onde estão.

— Sem riscos, não há ganhos.

Ele balança a cabeça negativamente, então para ao lado de um poste para me dedicar atenção total.

— Não. Sem riscos, não há *falhas*. E sem falhas, você não é humana de verdade. Está apenas deslizando na superfície da vida.

Eu o compreendo, claro, mas ainda sinto que preciso de mais. O sinal abre, no entanto, e ele já está caminhando rapidamente à minha frente. Preciso correr para alcançá-lo.

5

Amã, exatamente como TRIPWIRE havia dito. Áustria ou Alemanha
— Áustria, no fim das contas. E, como anunciado na ligação dos
sequestradores à torre de controle e ao serviço nacional de rádio
e televisão, eles realmente são membros do Aslim Taslam.

— Já mataram uma aeromoça — informa Vick. — O nome dela
era Raniyah Haddadin.

É o voo 127 da Royal Jordanian. Um Airbus 319 com espaço
para 138 passageiros — hoje ele leva 120 pessoas, incluindo tri-
pulantes. Saiu de Amã às 10h35 e pousou em Viena às 13h25, sem
problemas. De acordo com os austríacos — com base no manifesto
do voo e no relato do piloto antes de a cabine ser tomada —, os
quatro sequestradores não causaram nenhum problema durante
as três horas e cinquenta minutos no ar. Mas assim que o avião
aterrissou, eles se levantaram.

O primeiro foi Suleiman Wahed, um cidadão do Paquistão que
estava em um assento próximo aos fundos do avião. Ele desafivelou
o cinto de segurança, ficou de pé e, quando uma aeromoça se levantou e acenou pedindo que sentasse, ele sacou uma pistola e atirou
no peito da mulher. Os austríacos identificaram os sequestradores e
compartilharam os nomes conosco. Suleiman Wahed, Ibrahim Zahir

(saudita), Omar Samatar Ali (somali) e Nadif Dalmar Guleed (somali). Temos as fotos dos passaportes, mas não muito mais que isso.

De acordo com o piloto — e confirmado pelo anúncio de Ibrahim Zahir à torre de controle —, a primeira declaração deles para os passageiros foi em árabe e inglês. Em essência: "Tenham cuidado, mas não tenham medo. Vamos matar todos que nos desobedecerem, mas não somos suicidas. Não temos a intenção de usar esse avião como arma. Em vez disso, usaremos como proteção até que nossas exigências sejam atendidas. Depois disso, vamos voar para algum lugar e todo mundo será libertado."

Eles são organizados. Rapidamente moveram as crianças — nove delas, entre 5 e 12 anos — para a frente da cabine, com intuito de servirem de escudo humano contra qualquer força de invasão, assim como empecilho caso alguém desejasse agir como herói. "Cada vez que tentarem interferir em nosso trabalho, uma dessas crianças morre", explicaram aos passageiros.

— Isso é brilhante — admito, percebendo que, com isso, eles garantiram um grupo de reféns dóceis.

— É desumano — diz Leslie.

Bill esconde o rosto com as mãos, uma nova onda de humilhação passando por seu corpo, pois, apesar do relatório da Europol sobre a chegada de Ilyas Shishani à Europa, ele não acreditou nas informações de TRIPWIRE. Ernst, sendo Ernst, permanece com um ar desafiador, e me pergunto, como faço de vez em quando, o quão profundas são as cicatrizes da sua infância em Geórgia. Ele era maltratado sem piedade por causa das raízes estrangeiras? Desprezava aquelas crianças do Cinturão da Bíblia e jurou ser o mais diferente possível delas? Não importa, mas ainda estou pensando nisso quando ele diz com uma indiferença calculada:

— É inesperado, mas não é uma surpresa completa.

— Não — concorda Vick, lançando um olhar para mim. — Porque Celia já tinha nos avisado que eles poderiam fazer isso.

A essa altura, a mão de Owen já tinha ido da sua boca para a orelha direita, puxando-a e cutucando até ficar vermelha. As unhas nos seus dedos são apenas lascas, roídas o máximo possível sem alcançar os ossos. Imagino que sua depressão seja de natureza química, embora isso não me faça ter muita compaixão. Sinto uma vontade incontrolável de estapear aquela mão.

Leslie parece ser a única sem um pingo de vergonha. Esse é o benefício de expressar sua ignorância.

— Exigências? — pergunta Bill para ninguém em particular.

Vick tem tudo em uma folha de papel, um e-mail enviado pelo Ministério do Interior.

— Cinco prisioneiros: dois na Áustria, três na Alemanha. Em 48 horas. Os austríacos dizem que temos 17 americanos a bordo. Ainda estamos verificando a informação.

— E qual é a probabilidade?

— De alemães e austríacos cederem? — Vick coça o nariz. — Temos 29 alemães a bordo, e Angela Merkel só está no poder há poucos meses. Não sabemos se isso significa que será mais flexível ou não, mas tenho a impressão de que ela vai ceder. Heinz Fischer é uma outra história. Ele e os Sociais Democratas estão sendo atacados pela direita por serem muito frouxos com a imigração, e ceder seria admitir isso.

— A eleição já passou — ressalto, só porque a análise está fresca na minha mente. — As negociações da coligação não farão diferença agora. Ele está mais livre do que você pensa.

Vick concorda com a cabeça.

— Assino embaixo, Cee. Você é a especialista.

Não sou, mas aprecio o elogio.

— EKO Cobra está de prontidão — diz Ernst, como se isso fosse nos tranquilizar. Ter um esquadrão de ataque austríaco de prontidão é preocupante.

Vick compartilha algumas informações sobre a ficha de Ilyas Shishani, nosso único suspeito real fora do avião.

— Checheno. Era um conhecido de Henry e, se estiver em Viena, espero que seja ele a encontrá-lo. Ele terá que passar muito tempo nas ruas investigando.

— Os austríacos estão sendo informados? — questiona Leslie.

— Eles serão — diz Ernst.

— Os sequestradores exigiram combustível? — pergunta Bill.

Vick balança a cabeça, interessado, então começa a verificar estatísticas do Airbus em seu computador. Enfim, calculamos que o combustível deixado no tanque duraria por dois mil quilômetros, o que não deixa muitas opções de destino. Entre elas: Trípoli. Vick promete pedir para Langley pressionar seus contatos na Líbia, então levanta a cabeça e encara todos nós.

— Estamos acordados, não estamos?

Nós estamos.

— Bom, porque ficar esperando não é o jeito americano. Henry está seguindo as próprias pistas, mas precisamos presumir que eles possuem outros contatos na cidade, então vamos chacoalhar nossas redes. Bill e Celia, isso é com vocês. Ernst, chegou a hora de cobrar favores aos austríacos. Owen. Owen, está me ouvindo?

Owen, piscando os olhos perturbadoramente, confirma com a cabeça.

— Quero que você converse com todos os nossos nerds ao redor do mundo, mas especialmente no Oriente Médio. Passe um pente-fino nas conversas e nos diga exatamente com quem estamos lidando e o que estão planejando em seguida. Leslie — continua ele, virando-se para a mais ignorante entre nós —, faça um café para a gente. Será uma longa noite.

A cabeça de Leslie para no meio de um aceno. Os olhos dela se estreitam.

— Brincadeira, Leslie. Por favor. Preciso da ficha completa de cada um desses cuzões que tomaram o avião. Encontre todos os parentes deles para que possamos raptá-los, se possível.

— Não acho que precisamos realmente raptar alguém — contesta Ernst. — Mas os austríacos podem querer essa informação.

Vick dá de ombros.

— Traga tudo diretamente para mim. Com sorte, vamos conseguir alguma satisfação.

A reunião termina, e Bill e eu passamos para o seu escritório, acionamos agentes e fazemos uma planilha com nossas fontes. Recebemos uma ligação da recepção — o Dragão Dourado entregou nosso almoço, que mandamos subir. Tenho que falar com duas mulheres da comunidade muçulmana e marco um horário com ambas. Aighar Mansur pode me encontrar nas próximas horas, enquanto Sabina Hussain me joga para o começo da noite. Ligo para Henry. Cinco toques e nenhuma resposta, então desligo. Alguns minutos depois, ele me retorna. Saio do escritório de Bill para atender:

— Você já está sabendo.

— Claro. Está uma confusão.

— Talvez nem tanto. Ainda temos tempo. — Faço uma pausa, me lembrando da linha aberta. — Falamos sobre isso mais tarde.

— Jantar?

— Talvez. Minha agenda ficou cheia de repente. Você vai estar no escritório?

— Mais tarde — responde ele. — Provavelmente.

— A gente vê, então.

Quando desligo, Bill está olhando para mim pela janela, com um ar quase sonhador, sua mente em outras coisas. Volto para o escritório, pergunto se ele ouviu alguma notícia de Sally e, em vez de me responder, ele apenas sorri.

— O quê?

— Acabei de perceber que passei uma hora inteira sem pensar nela. — Ele pega seu telefone. — Vou descobrir.

Ela está bem, claro. Finalmente nos sentamos para almoçar.

6

Repetindo o mesmo procedimento de quando a recrutei, dois anos atrás, encontro Aighar Mansur dentro do museu Leopold, sentada em um banco próximo a uma parede com pinturas de Egon Schiele. Sua cabeça está coberta por um hijab violeta simples, as mãos cruzadas sobre um dos joelhos. Sua lógica para escolher esse ponto de encontro vem da negação islâmica da arte representativa, aniconismo.

— Nenhum muçulmano fiel vem a esse templo do corpo — disse-me ela certa vez. — Estamos seguras.

Sendo ou não verdade, o fato é que Aighar cresceu acostumada à presença pintada de seres sencientes e, embora durante nossos primeiros encontros eu notasse seu olhar desconcertante focado no fim da sua saia e nos dedões dos pés, dessa vez ela havia reunido coragem o suficiente para virar o pescoço e apreciar a fascinação especial de Schiele pelas partes angulares da anatomia feminina.

Pergunto-me, assim como fiz outras vezes, se essa era a vontade dela desde o início, essa descida gradual rumo à blasfêmia, que não é exatamente uma visita a um lugar novo, visto que ela se converteu para casar. Trata-se mais de uma regressão para sua juventude infiel, quando se chamava Martina e bebia, fumava maconha e vivia, ainda que por pouco tempo, nas ruas de Viena, antes de encontrar a salvação na crença de um estudante iraniano.

— É linda — comento em alemão, me ajeitando ao seu lado.

Neste momento, sua atenção está na pintura *Mãe e Filha*, de Schiele: uma mulher e uma menina se abraçando. Aighar tem duas filhas.

Ela desdenha, consciente das suas transgressões, e se vira para mim, com a voz baixa:

— Eu te falei, Lara, não sei de nada.

Lara é como ela me conhece.

— Nunca falei que você sabia. Só queria descobrir o que a comunidade está pensando neste momento.

Ela levanta as mãos e arruma os cantos do seu hijab para cobrir melhor suas bochechas.

— O que você acha? Podemos jurar até perdermos o fôlego que o Islã é uma religião pacífica. Mas todas as vezes que começamos a convencer alguém, algo assim acontece. Voltamos à estaca zero.

Aighar e seu marido, Labib, fazem parte da corrente xiita, que ganhou força durante a Revolução Iraniana de 1979, e, por causa disso, tenho tendência a duvidar de suas alegações pacíficas. Não sou nenhuma especialista, porém.

— O que está sendo falado na mesquita neste momento?

— Você quer ouvir que as pessoas estão tomando partido? Sim, Lara. As pessoas estão fazendo isso. Às vezes, Labib diz que respeita sequestradores como esses por causa da fé inabalável que eles têm. É algo que ele respeita porque não compartilha. Todos respeitamos aqueles que são mais puros.

— Isso significa que ele concorda com os sequestradores?

Ela poderia ter optado por se sentir insultada pela pergunta, mas não.

— Ele louva a fé deles, não suas ações. A interpretação deles para essa fé é o que os colocou em problemas.

— E os outros?

Ela respira fundo e olha bem nos meus olhos.

— Eu poderia te dar uma lista de pessoas que estão louvando aqueles homens, mas confie em mim dessa vez: elas são revolucionárias de sofá. Cada uma dessas pessoas. Não oferecem nada à causa islâmica além de poucas palavras nas mesquitas e casas de chá. Sabe por quê? Porque têm medo. Por que você acha que elas se mudaram para Viena? Acha que vieram para cá fundar um califado? Não. — Aighar balança a cabeça negativamente. — Elas têm pavor da sharia. Sabem que não durariam 24 horas em um estado sharia de verdade. Amam demais a nossa decadência ocidental.

Aighar não é de grandes discursos, então tudo isso é uma surpresa. Pensei que poderia vir aqui com uma lista de perguntas urgentes e obter minhas respostas rapidamente, mas algo aconteceu com ela. Não é incomum entre informantes de longa data. Eles se cansam das mentiras e de contar segredos para um estranho que não dá a mínima para eles. Mas isso parece diferente. Parece rebeldia.

— E você? — pergunto. — Ama nossa decadência ocidental?

Um sorriso discreto. Ela olha para o outro lado do salão, onde há mais uma pintura de Schiele, *Autorretrato com Physalis*, o rosto manchado do artista parecendo no estágio final de uma doença.

— Adoro. É por isso que preciso deixá-la para trás — responde. Ela se levanta, me oferece um sorriso pálido e acrescenta: — Mas nunca permitiria que alguém a destruísse.

Então, ela se vai.

É madrugada quando retorno à embaixada, e a tensão é palpável. Está no silêncio, enquanto todo mundo escava arquivos e faz ligações sussurrantes por trás de mãos curvadas, como se as vozes mais altas revelassem sua incompetência. Estou no mesmo barco. Cumprimento silenciosamente algumas pessoas e escapo para o escritório de Bill, vazio, ainda cheirando a comida chinesa. Através da janela, vejo Vick andando pela estação, inclinando-se sobre cadeiras e conversando com analistas, trabalhando para deixar o moral elevado. Preciso admitir que ele é bom no que faz. Exige e recebe lealdade dos seus subordinados e, no ar altivo do seu escritório, faz um trabalho admirável ao assegurar que nossas personalidades fortes não colidam de maneira destrutiva. Vick para na entrada da sala e acena com a cabeça quando me sento à mesa de Bill.

— O que tem se falado nas ruas?

— Minha fonte está meio arisca, mas não acho que esteja escondendo alguma coisa. É a típica reação conflitante de quem está por fora.

— Talvez devêssemos pedir para os austríacos arrombarem umas portas.

— Essa ideia é sua ou de Henry?

— Do Tio Sam — diz ele com um sorriso de canto, então volta para seu escritório.

Essa conversa é sucedida por um daqueles momentos em que você se desconecta do mundo durante um instante, todas as distrações desaparecendo, e vê com clareza a realidade das coisas. Estamos sentados em nossa embaixada hermeticamente fechada fazendo piadas sobre uma ameaça terrorista, enquanto, dentro de um Airbus 319 parado no aeroporto de Viena, 120 pessoas desesperadas estão encarando a possibilidade de uma morte iminente. Aquilo é real; esse escritório não é.

Pego o telefone de Bill e ligo para Henry.

— Minha dama — cumprimenta ele.

— Como estão as coisas?

— Desanimadoras. Mas você parece muito bem.

Levanto a cabeça e lá está ele, celular na orelha, desviando das mesas enquanto caminha até mim. Desligo o telefone, e ele abaixa o celular quando entra no escritório. Ele até mesmo dá a volta na mesa e me beija nos lábios, um beijo descomedido à frente de todos da CIA na embaixada.

— Bem — digo.

Ele volta para o lado de visitantes da mesa e se senta, esfregando o rosto. Parece cansado.

— Algo de nosso interesse?

Henry balança a cabeça.

— Falei com oito pessoas nas últimas quatro horas e todas dizem a mesma coisa. Ninguém sabe de nada.

— Ilyas Shishani?

Ele hesita e franze a testa.

— Ninguém o viu ou ouviu sobre ele.

— Acredita neles?

— Às vezes é preciso. — Ele se inclina para frente, jogando um dos braços por cima da mesa em minha direção. — Que tal o restaurante Bauer hoje à noite?

Temos falado sobre o restaurante de Walter Bauer há semanas, desde que saiu uma matéria no *Wiener Zeitung*, mas deixamos algumas oportunidades passarem. Geralmente é ele quem não tem tempo; agora sou eu quem falo:

— Não sei. Tenho outra reunião daqui a pouco.

— Então me ligue quando terminar. Vou fazer a reserva.

Enquanto pondero sobre o bom humor no rosto de Henry — tão deslocado em um dia assim apesar de bem-vindo —, enxergo Bill vindo em nossa direção, apressado, com um pedaço de papel na mão. Ele parece vinte anos mais jovem. Meneio a cabeça em sua direção, e Henry se vira para ver Bill entrar e fechar a porta.

— Sr. Perfeito, Sra. Perfeita — diz ele, como cumprimento. — Fizemos contato!

7

É uma única mensagem de texto, enviada cinco horas depois do início do sequestro, de um Ahmed Najjar para um número de emergência de Langley, encaminhado para Vick.

4 agressores, 2 armas. Crianças na 1ª classe. Restante na econômica. Muçulmanos estibordo, restante oposto. Tô com muçulmanos, parte de trás. Duas mulheres em estado crítico. Água acabando. Sem energia = sem câmeras. Sugiro ataque por trem de pouso traseiro.

— Ele está viajando com passaporte libanês, mas é um dos nossos — explica Vick, as bochechas se avermelhando de empolgação. — Um mensageiro. Tivemos muita sorte de ele estar neste voo.

Ernst aprova com a cabeça.

— Eu diria que agora temos uma vantagem.

Cada um de nós recebeu uma cópia da ficha de Ahmed Najjar, e estou lendo a primeira página. Para nosso grande alívio, ele é fluente em árabe e farsi, mas não estou totalmente otimista.

— Não tenha tanta certeza, Ernst. Ele teve treinamento, mas nos últimos seis anos não fez mais que algumas entregas secretas.

Também está com 58 anos, trabalhando tranquilamente enquanto a aposentadoria não chega. Ele não vai encarar ninguém no braço.

— Ao notar a perturbação nos olhos de Ernst, completo: — Mas tudo é possível.

O computador de Vick apita, e ele dá uma olhada.

— Ele mandou mais uma, crianças. Esperem... *Ah.* — Ele franze a testa. — Diz: *Idoso morreu do coração. Austríaco, acho.* — Vick balança a cabeça. — Bem, isso é uma pena.

Dez minutos depois dessa mensagem, todos nós, incluindo Henry, vemos na TV de tela plana do escritório de Vick quando a porta do avião se abre e o corpo de um homem idoso é descido com uma corda até à pista de pouso. Uma hora mais tarde, ele é identificado pela ORF como Günter Heinz, um engenheiro da cidade de Bad Vöslau.

Bill pergunta sobre Ilyas Shishani. Vick responde:

— Os austríacos estão procurando. Nós estamos procurando. Não é mesmo, Henry?

Com as feições tensas e sérias, Henry confirma com a cabeça.

— Mas estamos procurando por uma agulha, e o tempo está se esgotando. Não podemos depender de encontrá-lo. — Suas mãos se movem do braço da cadeira para seus joelhos e, enfim aos cotovelos; ele parece esfarrapado como somente agentes de campo conseguem parecer. É o único homem de ação na sala e sabemos disso. — Se não entrarmos logo naquele avião, teremos um banho de sangue.

— Você sabe disso como se fosse um fato — replica Ernst com um tom de escárnio.

— Bem, não é como se os alemães fossem entregar os prisioneiros.

— Isso é verdade? — pergunta Bill.

Vick dá de ombros.

— Falamos com o BND. Eles vão transportar os prisioneiros para Viena como sinal de boa vontade, mas Merkel não vai libertá-los. Ela acha que é suicídio político.

No silêncio que se segue, Henry pigarreia e continua:

— Portanto, precisamos entrar em... — Ele checa seu relógio por força do hábito; os cálculos já estavam feitos. — Bem, temos 42 horas para abrir aquela lata.

— Há algo chamado negociação — explica Ernst, como se falasse com uma criança. — É geralmente como começamos.

Já sei o que Henry acha sobre Ernst. ("Não há assunto no mundo em que um idiota como Ernst Pul não seja especialista.") Agora, boquiaberto, ele fala:

— Negociar? Com Aslim Taslam? — Henry está incrédulo. — Você está *brincando* comigo? Eles já negociaram com Alá. Você leu o manifesto do grupo?

Silêncio, pois logo fica aparente que ninguém na sala faz ideia do que ele está falando. Henry suspira alto.

— Março de 2004, esboçado em Teerã, mas enviado por e-mail de Mogadíscio. É a declaração de objetivos deles, expondo tudo que querem e não querem fazer. Por exemplo, eles nunca vão aceitar nada diferente das suas exigências. Vão se matar antes de admitir qualquer coisa diferente das suas exigências. Isso aconteceu em Kinshasa, quando os congoleses tentaram negociar. Lembram? — Henry olha ao redor da sala. Talvez a gente se lembre, talvez não, então ele explica: — Eles soltaram uma bomba incendiária na principal delegacia da cidade, queimando todo mundo dentro, inclusive eles mesmos. Aslim Taslam? — Balança a cabeça. — Eles fazem o que prometem e nunca voltam atrás na sua palavra.

— Parece que você os admira — murmura Vick.

Henry dá de ombros, em tom desafiador, como se fosse o único na sala que não tivesse de provar seu patriotismo.

— Eles não sofrem de ambiguidade. De vez em quando, queria poder falar o mesmo sobre nós.

Depois de uma pausa, Owen Lassiter diz:

— Ele está certo. Se não entregarmos os prisioneiros, todo mundo no avião será morto. Se os alemães e os austríacos não querem se curvar às exigências deles, nossa única opção é invadir o avião antes do prazo final. Mas como faremos isso?

— Nós? — pergunta Vick, balançando a cabeça. — *Nós* não vamos invadir nada. Vamos só aconselhar os austríacos.

— Como vamos aconselhar — corrige Owen — que eles façam isso?

— Pelo trem de pouso — afirma Henry. — Como Ahmed sugeriu. Já foi feito antes. Alguns passageiros serão mortos, mas é melhor que todos eles.

— Você está esquecendo uma coisa — declaro.

Eles olham para mim, e Henry franze a testa.

— ORF. Há câmeras de televisão ao redor das cercas, filmando todo o perímetro. Eles não chamaram a mídia à toa; queriam ter olhos do lado de fora do avião.

— Então os austríacos vão tirá-los dali — insiste Henry.

— E o que os repórteres vão falar? — pergunto. — Vão se afastar silenciosamente? Não, vão especular. Estão desesperados por novidades, e receber ordens de sair do local é a única notícia que terão. Não é preciso ser gênio para concluir que o governo está preparado para invadir.

Sinto-me como uma estraga-prazeres quando o olhar deles retorna para suas mãos. Checo a hora — tenho que comparecer a um encontro. Quando me levanto, Henry diz para mim, assim como para todo mundo:

— Então a mídia precisará de uma distração.

A sala inteira olha para ele, cheia de esperança, mas Henry apenas balança a cabeça.

— Não olhem para mim. Não tenho ideias. Só precisamos de uma desculpa para evacuar todo mundo.

Acho que ele sabe, assim como o restante de nós, que isso não vai funcionar. Estamos somente nos agarrando a uma vã esperança.

Quando chego à porta, Vick diz:

— Um minuto, Celia.

Eu me viro.

— Mantenham isso em segredo — pede Vick para todos nós. — Não quero ninguém, nem mesmo neste andar, sabendo sobre nosso amigo Ahmed.

Respeitosamente, concordamos com a cabeça.

8

Levo um bolo do meu segundo encontro, Sabina Hussain, uma produtora na Fundação das Mulheres Muçulmanas. Ela me liga enquanto estou esperando em um café deprimente em Simmering. Pede desculpas, mas há um entusiasmo incontestável em sua voz, pois o drama no Flughafen trouxe uma enxurrada de trabalho para ela; mulheres nervosas procurando conselhos para suportar um novo medo de recriminações vindas da juventude estúpida e barra-pesada da Áustria.

— Está um zoológico aqui — explica Sabina, e sei que ela não sente remorso algum. Eu também não sentiria. Ao contrário da conversa comigo, não há nada de abstrato em relação aos rostos de mulheres desesperadas que ela devotou a vida para ajudar. De certa maneira, tenho inveja dela.

Ligo para Henry e peço que faça as reservas no restaurante para agora.

Enquanto dirijo o Ford da embaixada de volta para o centro da cidade, Bill me liga. Coloco no alto-falante.

— Cadê você? — pergunta ele.

— Saindo de um encontro cancelado. Indo jantar.

— Com o Sr. Perfeito?

— Quem mais?

— Escute — começa ele depois de um instante. — Nosso amigo entrou em contato. Diz que seus anfitriões estão falando *russo* no telefone. O que acha disso?

— Não sei o que pensar disso — digo, descendo a Rennweg em meio a uma constelação de luzes de freio. Então: — Espere. Ilyas... — Eu hesito, tentando criar algum código para o checheno Ilyas Shishani, mas Bill já havia entendido.

— Ele fala russo — responde ele.

— Exatamente.

— O que sugere...

— Que ele realmente está na cidade — completo, embora nós dois saibamos que é apenas uma suposição, não uma prova. Mas, com sua chegada a Barcelona, as estrelas parecem estar se alinhando.

— Devo voltar para o escritório?

— Tenha um jantar de verdade — aconselha. — Converse com o Sr. Perfeito sobre isso também. Sobre o tempo que ele passou lá e tudo mais.

Quando encontro o Sr. Perfeito no restaurante Bauer na Sonnenfelsgasse, estou pensando mais em moda do que em Ilyas Shishani, porque me ocorre que meu namorado se veste mal. Já saí com mais caras do que gostaria de admitir, a maioria por menos tempo do que levo para ler um cardápio, e, de modo geral, eles eram exigentes com a aparência. A maioria mantinha um pente no bolso para emergências, fazia a barba uma ou duas vezes por dia e vestia roupas bem passadas, muitas vezes por velhas mulheres locais que faziam o serviço por alguns centavos por item.

Henry, por outro lado, é uma anomalia. É o primeiro agente de campo que já levei para a cama. Seu dever primordial é passar despercebido, parecer um cidadão comum, o que, nas ruas, significa estar desarrumado. Se ele fosse designado para espionar em algum escritório governamental, tenho certeza de que uma vaidade incontrolável surgiria nele, a ponto de suspeitarem de sua sexualidade. Não é diferente hoje à noite, mas a gravata preta que está usando — com o nó correto, observo — deixa seu esforço evidente.

Ele já pediu as bebidas e, enquanto segura seu Martini, um Blauer Portugieser me aguarda. Ele se levanta e me beija na boca antes de me ajudar a sentar, todo cavalheiresco e suspeito. Quando sentamos, pergunta:

— Algum progresso?

Dou de ombros, então conto sobre a mais recente revelação de Ahmed Najjar. Suas sobrancelhas se arqueiam, depois se juntam.

— Eles estão achando que a embaixada russa está envolvida?

— Ilyas Shishani fala russo, não é?

Ele franze a testa, considerando a pergunta, concorda com a cabeça e diz:

— Nunca falei sobre ele para você, certo?

— Só que você o conheceu em Moscou.

Moscou não é um assunto que trazemos à tona com frequência. Sei da carta que ele mandou para Langley desmerecendo a reação da administração à crise de reféns do teatro Dubrovka e da desilusão que o levou a sair da Rússia. Agora, um olhar toma conta do seu rosto, uma expressão de dor, como se tivesse sido esfaqueado por trás, e tenho a impressão de que estamos entrando em território complicado.

— O que foi? — pergunto.

Ele balança a cabeça, livrando-se da expressão, mas diz:

— Eu te falei que recebi ordens de entregar à FSB uma lista de todas minhas fontes, certo?

— Sim. Por isso que você escreveu a carta.

— É uma das razões — confirma ele, seus olhos percorrendo o salão lotado antes de repousarem em mim novamente. — Ilyas era uma delas. Uma das minhas fontes. Uma semana depois, tentei entrar em contato, mas ele tinha desaparecido. Ninguém sabia o que havia acontecido com ele.

— Ele deixou a cidade?

— Talvez, mas não havia motivo para isso. Sua vida era lá, foi assim por pelo menos 15 anos. Ele fazia pão, pelo amor de Deus. Por que arrumaria as malas e fugiria?

— Você nunca descobriu?

Ele balança a cabeça.

— Depois que escrevi a carta, eles me tiraram das ruas. Então, vim para cá. Mais tarde, ouvi falar que ele acabou em Teerã. Mas não era um radical quando o conheci, e de vez em quando me pergunto se eu ter cedido seu nome aos russos não teria sido a gota d'água para ele.

— Você se culpa — digo. Quando as palavras deixam minha boca, percebo que gosto disso nele, essa pitada de autodepreciação. Isso o torna humano.

Mas ele apenas dá de ombros:

Eu o observo por alguns instantes até que o garçom chega. É um senhor de idade austríaco com um bigode grandioso, algo retrô nos dias de hoje, mas, de certa forma, apropriado para o cenário *gemütlich*. Quando anota o nosso pedido — risoto de coelho com chouriço para Henry; polvo marinado em limão e molho de pimenta para mim —, ele o faz com uma alegria quase surreal. Assim que se vai, indago:

— O que você acha? Que ele está aqui?

Seu rosto se acalma e, por um momento, acho que consigo visualizar sua aparência quando for bem velho.

— Não sei. Estou a ponto de desistir.

— Não soa como algo que você faria.

Ele balança a cabeça de um lado para o outro.

— E essa gravata não combina com você. O que está acontecendo?

Inibido, ele arruma o colarinho, então olha para a entrada, como se eu fosse transparente. Aguardo. Ele passa uma das mãos sobre a mesa até segurar a minha.

— Tenho pensado.

— Você sabe como me sinto a respeito de pensamentos — digo.

Ele sorri.

— Quer morar comigo?

A ficha demora a cair. Deixo minha mão sobre a mesa, sob a dele. Ela está quente.

— Com você?

— Bem, temos algumas opções. Você pode se mudar para meu apartamento, posso ir para o seu. Ou, e acho que essa é a melhor alternativa, podemos pegar um lugar maior. No Innere Stadt. Perto do rio.

— Você já pensou em tudo.

— Bem, não exatamente — nega, se encostando na cadeira e levando a mão consigo. — É só que... bem, estamos juntos há algum tempo, não é? Não temos muito para onde ir além disso.

— Poderíamos apenas nos casar — sugiro.

Ele gargalha alto, como se tivesse ouvido uma piada. E é uma piada, mas mesmo assim. Devolvo um sorriso reconfortante. Ele se acalma.

— E aí?

Mantendo o sorriso no rosto, dou de ombros.

— Me deixe pensar um pouco sobre isso. — Quando vejo a expressão dele, pergunto: — Não era a resposta que você esperava?

Ele se inclina para a frente de novo, afastando o Martini para que as suas mãos possam segurar a minha.

— É exatamente o que eu esperava, Cee. Você é uma garota cautelosa. É uma das coisas que amo em você.

Mas não estou sendo cautelosa e acho que ele sabe disso. Acho que ele sabe que parte de mim gosta da adrenalina de ficar com um agente de campo que às vezes aparece na minha casa com machucados que se recusa a explicar, ou me deixa sozinha por causa de "coisas de última hora" das quais sei, no fundo da alma, que ele pode não sobreviver. Uma parte de mim se pergunta se a domesticação matará o que temos, enquanto outra parte, a que sente um frio na espinha quando ele aperta minha mão, imagina o perigo da coabitação, das saídas repentinas no meio da noite, do potencial de inimigos *saberem onde eu moro*.

Dou uma piscadela para ele — ou, pelo menos, o mais próximo de uma piscadela que consigo produzir — e imagino como essa vida perigosa seria. Enquanto bebemos nossos drinques e encaramos um silêncio cheio de significado, me pergunto por quanto tempo podemos mantê-lo. Primeiro, dividimos a hipoteca. Dividimos toalhas e sucos de laranja. Compartilhamos amigos e uma única conta no Facebook. Compartilhamos fotos de férias com a família e, em algum momento, subimos no pedestal de uma capela, seja aqui ou nos Estados Unidos, contando para um público seleto que vamos compartilhar nossas vidas permanentemente. Enviamos cartões de Natal com imagens nossas na praia da Martinica ou de Dubrovnik e, finalmente, dividimos nossos genes, gerando um ou dois pequeninos cujas vidas compartilharemos até a morte, mesmo que o casamento não dê certo.

Estou me adiantando muito, eu sei, mas se tem algo que aprendi trabalhando na Agência foi que planejamento sempre compensa. Oitenta por cento do cérebro de uma Agência é devotado a imaginar repercussões e futuros possíveis, mesmo quando se está pensando apenas em morar com o namorado.

Bebo um gole do meu vinho e me pergunto se ele está pensando a mesma coisa.

9

Voltamos à embaixada bem a tempo de sermos levados ao escritó-
rio de Vick para ouvir uma mensagem dos austríacos, transmitida
a Ernst: eles descobriram o abrigo de Ilyas Shishani, uma pensão
decadente na Floridsdorf. Embora Shishani não estivesse no local,
encontraram seus pertences e vigiaram o quarto, esperando por
seu retorno. Ernst anuncia com a entonação de um sumo sacerdote,
como se tivesse previsto isso desde o início. Sentindo a presunção
de Ernst, Henry diz:

— Eles podem esperar sentados. Ilyas não vai voltar.

— E como você sabe disso, Henry?

Meu namorado lança um sorriso discreto para ele, levanta-se
e começa a andar na direção da porta.

— Porque Ilyas não é um imbecil, Ernst.

Assim que somos liberados depois de meia hora de conversas
infrutíferas, procuro por Henry no escritório. Descubro que saiu
e, embora considere a opção, decido não ligar para ele. Se quer
ficar sozinho, a prerrogativa é dele. Terei mil oportunidades de
reclamar quando estivermos morando juntos.

Uma hora depois, ele ainda não retornou, e Leslie aparece para
me chamar de volta ao escritório de Vick. Temos uma quarta mensagem de Ahmed Najjar. São dez e meia da noite.

Esqueçam o plano de ataque. Eles possuem uma câmera no trem de pouso. Não sei como, mas está claro que sabem o que estão fazendo. Muito sério. Sugiro que entreguem o que eles pediram ou todo mundo vai terminar morto.

Debatemos sobre isso. Vick questiona:

— Como diabos eles colocaram uma câmera do lado de fora do avião?

Mas somos leigos. É como pedir para um chef de cozinha explicar sobre física quântica. Mesmo assim, tentamos. Ernst aponta para a segurança do aeroporto de Amã.

— Desconfio deles há um bom tempo. Tudo que precisam é de um carregador de mala para anexar uma câmera na fuselagem. Ele é operado remotamente.

— Mas alguém *viu* essa coisa? — pergunta Bill. — Os austríacos e as emissoras de TV estão com câmeras apontadas para o avião o dia todo, e ninguém notou nada estranho?

Leslie veio preparada e está conectando um laptop à televisão do escritório de Vick. Juntos, repassamos as imagens captadas do dia. A maioria vem da ORF, mas há também cinco minutos de tomadas em alta resolução que os austríacos compartilharam com as embaixadas envolvidas. A qualidade é incrível, mas tenho a sensação de que nem sabemos o que estamos procurando.

Sem ajudar muito, Owen diz:

— Só porque não estamos vendo, não significa que não esteja lá.

— Nós passamos essa última mensagem para os austríacos? — pergunto.

Vick balança a cabeça negativamente.

— Então acho que é melhor deixar que eles a verifiquem. Estão em uma posição melhor que a nossa.

Minha sugestão provoca um momento de hesitação. Não é um silêncio, mas algo mais tenso, e Ernst olha para Vick, que olha para

Bill. Bill vira-se para mim e, como se estivesse me dando a notícia da morte de um parente querido, explica:

— Os austríacos não sabem sobre Ahmed. Estamos tentando deixar isso em segredo.

Fico me sentindo um pouco estúpida, mas me recomponho da melhor maneira que consigo.

— Bem, talvez seja hora de começar a dividir essas informações com eles. Se quisermos tirar algumas daquelas pessoas com vida.

— A voz da cooperação — diz Vick, sorrindo. — Não temos certeza de que podemos confiar no Ministério do Interior, Cee. Não investigamos aquelas pessoas.

Olho para Vick, então para Ernst. Ele está mastigando o interior de sua bochecha, e não tenho ideia sobre o que está pensando. Sei o que eu estou pensando: a paranoia da Agência nos levou a um abismo. Respiro fundo, pensando em como deixar o óbvio bem claro para eles, mas Bill vem ao meu resgate.

— Ela está certa — apoia ele. — Levamos isso sozinhos o máximo que pudemos. Se não começarmos a confiar nos austríacos, essa operação nasce morta.

Vick balança a cabeça de um lado para o outro e olha para a sala, me evitando.

— Opiniões?

Owen dá de ombros, então concorda. Leslie apenas pisca rapidamente. Ernst balança a cabeça lentamente, mas não em negação. Ele suspira e diz:

— Concordo.

Vick morde seu lábio inferior, pensando por alguns instantes.

— Ernst, vá em frente.

Ernst me dá uma olhada, tira seu celular do bolso e sai do escritório.

— Mais alguma ideia? — pergunta Vick.

Depois de um momento de meditação, Owen sugere:

— Pode não ser ele.

Erguemos nossas cabeças.

— Explique — pede Vick.

— Ele pode ter sido descoberto. A única maneira de sabermos que é nosso agente é porque ele está mandando mensagens do celular do nosso agente.

— O código — lembra Leslie. — Cada mensagem é precedida por sua identificação, que é... — Ela checa seus papéis e lê em voz alta: — Aspen3R95.

— Então *foi* ele — diz Owen. — Mas não é mais. Se ele se esqueceu de apagar as mensagens antigas, então o código está no celular e qualquer pessoa pode acessar. Ou ele pode ter sido forçado a revelar sua identidade. Eles têm crianças no avião, lembrem-se. Ele foi descoberto, talvez morto, e pegaram seu celular.

— Mas como? — pergunto. A atenção passa para mim. — Como ele foi descoberto? Ahmed pode ser só um mensageiro, mas qualquer mensageiro decente sabe como se comunicar em segredo. É o trabalho deles. Como foi pego?

Owen dá de ombros.

— É apenas uma hipótese.

Vick está franzindo a testa de sua mesa e mordendo o lábio inferior.

— Uma hipótese bem fraca, mas é uma alternativa que devemos levar a sério e manter em mente.

— Ou Ahmed está errado — propõe Bill, colocando uma das mãos no joelho. — Qual evidência ele apresentou? Nenhuma. Está convencido de que há uma câmera externa, mas talvez esteja errado. Não seria a primeira vez.

— A primeira vez dele? — questiona Vick. — Ou da Agência?

— Ambos. — Bill se endireita na sua cadeira. — Ahmed é bom, mas existe uma razão para ele ainda ser só um mensageiro. Em 1993, ele era o líder de um esquadrão em uma operação em

Beirute. Achou que atiradores palestinos estavam se preparando para emboscar o grupo, então ordenou que abrissem fogo. Eram operários. Dois mortos, seis hospitalizados. — Bill pausa para que possamos absorver a informação. — Ele comete erros.

— Todos cometemos erros — afirmo. Tento discordar de Bill o mínimo possível na frente de outros, mas sinto que estou apenas dando voz ao que todo mundo está pensando. — E aquilo foi 13 anos atrás.

Bill dá de ombros, incapaz de rebater meu argumento ou sem vontade de me humilhar na frente dos outros. Talvez ele seja mais leal que eu. Por fim, Vick diz:

— Tudo é possível.

Tudo é possível, penso, então abafo um sorriso involuntário. Acabou de cair a ficha. Henry e eu vamos morar juntos.

10

Bill finalmente deixa o escritório para passar algum tempo com Sally, me dando permissão para usar o local pelo resto da noite. Quando veste seu casaco e acena em despedida, posso literalmente ver o peso recair sobre seus ombros. É irônico que um homem consiga encarar a possibilidade da morte de 120 pessoas por um dia inteiro, e até se revigorar com isso, mas que uma única mulher saudável seja capaz de destruí-lo. Casualmente, penso naquela velha frase de Stalin sobre tragédias e estatísticas e, sentada à mesa de Bill, não consigo deixar de pensar nos meus problemas. Estou presa em relacionamentos. Bill e Sally e a trilha de infelicidade que escolheram. Henry e eu e nosso futuro incerto. Tudo o que nos resta é essa espiral fatal de jogos infinitos de poder? Nós dois somos, afinal, treinados para manipular. Somos tudo, menos confiáveis.

Pego um café no refeitório, ponderando sobre o assunto e feliz de ter quase todo o andar só para mim. Gene Wilcox está processando mensagens que chegam em sua mesa e Owen está de portas fechadas, perdido em um mundo de códigos e criptogramas. Os outros se foram; Ernst está indo encontrar seu equivalente austríaco e Vick, jantando com uma de suas inúmeras namoradas

— todas escolhidas, por segurança, a partir de uma seleção da embaixada —, enquanto Leslie correu para o andar de cima para atualizar a equipe do embaixador. No momento, eu sou a oficial de maior patente no andar, mas isso não significa droga nenhuma faltando dez minutos para a meia-noite.

Então, retorno para a sala de Bill e passo os olhos pelos relatórios novamente, esperando algo saltar na minha cara. Penso nas 120 pessoas aterrorizadas em um avião fechado — pois os sequestradores, imagino, também estão assustados. Penso em Ilyas Shishani, um padeiro checheno que virou um extremista — talvez por causa da traição de Henry, talvez não —, agora orquestrando um grande ato de terrorismo em Viena. Penso em Ahmed Najjar, um mensageiro prestes a se aposentar preso em um avião sufocante, bravamente mandando mensagens em segredo. Há uma cópia da ficha de Ahmed na mesa de Bill, e pesquiso mais a fundo nela. Ali está: 1993, a operação fracassada em Beirute, sua subsequente remoção das posições de liderança e sua nomeação, dois anos depois, para trabalhar como mensageiro no Paquistão para um general com motivações políticas chamado Musharraf. Isso o levou a outros trabalhos pela região, até Terry O'Reilly pedir que fosse integrado à seção de operações de forma permanente. Não há nenhuma recriminação contra ele depois de 1993, um feito quase suspeito.

Quão suspeito? Ele mudou de lado? Talvez Ahmed tenha embarcado naquele voo como parte do sequestro e esteja sendo usado para nos alimentar com contrainformação?

O fato de considerar essa possibilidade é um sinal do meu desespero. Vai contra tudo que aprendemos na academia: devemos seguir o que as evidências sugerem, não a narrativa mais divertida. Então, volto para as únicas evidências que tenho: quatro mensagens de texto.

4 agressores, 2 armas. Crianças na 1ª classe. Restante na econômica. Muçulmanos estibordo, restante oposto. Tô com muçulmanos, parte de trás. Duas mulheres em estado crítico. Água acabando. Sem energia = sem câmeras. Sugiro ataque por trem de pouso traseiro.

Idoso morreu do coração. Austríaco, acho.

Líder dos sequestradores no celular. Fala russo. Não sei o suficiente para traduzir.

Esqueçam o plano de ataque. Eles possuem uma câmera no trem de pouso. Não sei como, mas está claro que sabem o que estão fazendo. Muito sério. Sugiro que entreguem o que eles pediram ou todo mundo vai terminar morto.

É só quando coloco todas as mensagens na minha frente que percebo o que deveria ter sido óbvio para cada um de nós sentados na sala de Vick. As palavras, a gramática. As primeiras frases de Ahmed são incompletas, telegrafadas, enquanto a última mensagem contém frases completas, o uso de "está" em vez de "tá" e artigos: *uma* câmera, *o* plano de ataque.

Estou corada, tonta. A última mensagem *é* de outra pessoa.

Portanto, Ahmed foi descoberto.

Involuntariamente, me levanto. Então, percebendo que não sei para onde ir, sento-me novamente e leio tudo de novo. Meu impulso é de ligar para Bill, tirá-lo da indisposição do seu matrimônio, e gritar com ele. Até coloco uma mão no telefone, mas não chego a tirá-lo do gancho porque a inevitável pergunta ataca minha mente: Como? *Como* Ahmed foi descoberto?

Como qualquer pessoa é descoberta?

Ou ele cometeu um erro, ou os sequestradores receberam a informação de fora.

Fecho meus olhos, removo a mão do telefone e a coloco sobre minha testa. Se Ahmed cometeu um erro, não temos como saber até a situação acabar e as testemunhas nos contarem o que aconteceu.

Se alguma delas sobreviver.

Já que não existe nenhuma maneira de provar que Ahmed foi descoberto por culpa da própria incompetência, preciso colocar essa teoria de lado e olhar para o que sobrou. Ou seja: alguém contou para os sequestradores sobre Ahmed.

Alguém que fala russo? Ilyas Shishani?

Abro os olhos, o mundo um pouco borrado, e pisco até conseguir enxergar pela janela de Bill, onde Gene, nosso especialista de inserção de dados, está sentado, bebendo uma Coca-Cola. Encaro as mensagens novamente.

Ahmed Najjar, vejo na sua ficha, trabalha exclusivamente para nós; seu nome não aparece em nenhum registro fora da Agência. Se o que Ernst nos contou for verdade — que os austríacos não sabiam sobre Ahmed —, então a identidade dele ficou restrita a esse escritório, entre poucas pessoas. Eu, Vick, Leslie, Ernst, Bill, Owen, Henry e, por necessidade, esse Gene.

Não é inconcebível que alguém em Langley tenha vazado a informação, e não seria algo sem precedentes, mas, neste momento, essa não é minha preocupação. Não tenho como monitorar Langley — isso está além do meu alcance. A única coisa que posso investigar é a possibilidade de os sequestradores estarem recebendo informações de alguém de dentro deste prédio.

Russo, penso de novo. Ilyas Shishani, sim, mas só existe uma pessoa fluente em russo no escritório: meu Henry.

Descarto esse pensamento porque não faz sentido. Sendo ou não o homem perfeito para mim, Henry Pelham é atormentado por sua integridade. Ele arriscou sua carreira revoltando-se contra nossas políticas em Moscou e, muito mais que nós, simples burocratas, põe a própria vida em risco regularmente na defesa dos nossos interesses. Quando o assunto é traição, tudo é possível, mas Henry é a mais improvável das possibilidades.

Então, por onde começar?

Por um instante, não sei o que fazer. Conto para alguém? Quem? Se os membros superiores dessa estação são suspeitos, então nenhum deles — nem mesmo Henry — pode ser informado ainda. Preciso começar com a pesquisa mais básica que consigo conduzir sozinha e, então, trabalhar a partir disso. Começo com os registros telefônicos da embaixada, no caso de alguém ter sido estúpido o suficiente para usar um telefone do escritório. Passo para registros dos celulares — se, claro, eu puder acessá-los sem disparar nenhum alarme em Langley. Então, dou mais uma olhada nas fichas dos funcionários, prestando atenção em conexões.

Mantenha tudo simples, penso.

Em seguida, me levanto e sigo até a mesa de Gene no meio do labirinto de cubículos que tomam conta da maior parte do andar. De colarinho desabotoado e olhos vermelhos, ele já está cansado demais para me olhar com volúpia. Peço os registros telefônicos.

Meia hora depois, após ouvir a recusa condescendente de Gene e passar por Sharon, a secretária de Vick, para aprovação, estou sentada à mesa de Bill, e ali está: a linha que faz meu coração parar. Às 21h38, uma chamada do ramal 4952. Uma ligação de 27 segundos. Para o código de país 962, código de cidade 6. Jordânia, Amã.

Ramal 4952. Jesus.

Não pode ser real. Em meia hora, uma suspeita se transforma... *nisso*. Não é sofisticado. Mal posso chamar de espionagem. É brincadeira de criança.

Tiro o telefone de Bill do gancho. Então, percebendo o erro que isso seria, coloco-o de volta e cogito o que fazer. Preciso sair daqui.

Anoto o número, guardo meus poucos pertences e coloco meu casaco. Aceno com a cabeça para Gene na saída. Pego o elevador e desejo boa-noite ao soldado na vigilância, que nunca responde com algo diferente de um grunhido, e peço para um dos funcionários noturnos abrir a porta para mim. Desço sem hesitação pela Boltzmanngasse, viro na Strudlhofgasse e só começo a relaxar quando chego às calçadas movimentadas da Währinger Straße. Estou entre os prédios de ciências da Universidade de Viena agora, passando por estudantes que dividem cigarros no meio dos plantões noturnos, quando finalmente vejo um telefone público. Está todo pintado com grafite, mas funciona, então insiro um cartão telefônico.

Respiro fundo.

Não gostaria de estar aqui neste momento. Quero estar em casa, na minha ou de Henry, na cama. Preferencialmente com ele.

OK.

Digito o número e escuto. Há um bip-bip baixo de um telefone distante e, em seguida, uma sequência de cliques antes de começar a tocar novamente, o som um pouco mais grave. Noto, então, que liguei para um telefone que me conecta a outra linha. O número que disquei é um retransmissor.

Depois de três toques, um homem atende. Ele diz:

— *Gdye Vy?*

Embora compreenda o significado assim que ouço a frase, não falo russo e não tenho certeza do que fazer. Se eu falar em inglês e a pessoa for Ilyas Shishani, então ele saberá que uma americana tem seu número. Se desligar, Shishani suspeitará. De qualquer maneira, ele mudará seus planos. Por isso, em alemão, eu digo:

— Luther? É você?

Silêncio.

Não consigo sentir minhas pernas.

— Luther?

Seja quem for, ele desliga.

HENRY

1

Meus ouvidos formigam com o controle que ela possui da própria história. Os detalhes, a fluidez. Lembro-me das hesitações e contradições até o ataque de nervos final de Bill, um mês atrás. Penso em Gene Wilcox, o processador de dados que ficou em sua mesa naquelas 48 horas sem um descanso, absorvendo todas as informações e lançando-as em sua máquina. Um mês e meio atrás, viajei para Dallas e o encontrei trabalhando em uma empresa chamada Global Security, ganhando o dobro de quando se matava pelo governo. Ouvi seu relato robótico, passo a passo, do que aconteceu naquele dia. Nenhuma edição, nenhum desvio, apenas os fatos retirados de sua memória prodigiosa.

— Sim, a Sra. Harrison, ou Favreau, devo dizer, estava lá naquele dia. Acho que chegou por volta das nove e meia da manhã; pelo menos, foi quando a vi. Você pode verificar os registros para obter a hora exata. Ela ficava saindo e voltando durante o dia todo, mas, quando estava no escritório, geralmente estava na companhia do Sr. Compton. Agora, *ele* chegou tarde. Eu me lembro bem disso. Algo relacionado a sua esposa.

— Mas, e Celia?

— Sim, ela saía e voltava. Você a viu, claro. E, depois do jantar, ela ficou no escritório pelo resto da noite. O Sr. Compton foi embora às onze e ela ocupou o escritório dele.

— Fazendo o quê, Gene?

— Não sei. Não perguntei. No entanto, por volta da meia-noite, ela me procurou. Pediu os registros telefônicos daquele dia. Ela sabia muito bem que eu não podia fazer isso. Qualquer pedido precisava vir do Sr. Wallinger. Lembrei-a disso, e ela foi embora.

— Do prédio?

— Não. Presumo que tenha ido para a sala do Sr. Wallinger, porque 15 minutos depois a secretária dele, Sharon Lane, me ligou requisitando a mesma coisa.

— E você enviou os registros?

— Claro. O protocolo foi seguido.

— Você viu Celia depois disso?

— Ela ficou lá até umas duas da manhã. Então, sim. Quando saiu, me desejou boa-noite.

— Então não ficou nenhum ressentimento.

Uma pausa quando ele franziu a testa para mim.

— Perdão?

— Por ela ter tido que recorrer à chefia.

— Por que haveria ressentimentos?

— Nenhuma razão. Ela permaneceu no escritório o tempo todo?

— Não. Saiu uma vez, por uns 15 minutos, acho, e voltou. Continuou a trabalhar na sala do Sr. Compton. E então... Bem, Ahmed Najjar. Foi depois disso que ela deixou o escritório.

Agora, após um mês e meio, Celia conta:

— Foi uma bagunça, Henry. Pelo menos, é como me lembro. Estávamos todos um pouco descompensados naquele dia. Nada estava realmente unificado. Nos encontramos na sala de Vick, mas não trabalhamos em unidade.

— Eu estava verificando as fontes — digo. — Não percebi.

— Sim — afirma, assentindo com a cabeça. — Você esteve fora o tempo todo.

A palavra favorita de Gene veio à minha mente.

— Mas e o protocolo? O protocolo não estava mantendo a ordem?

— Seria de se imaginar que sim. Falando sério — diz ela. — Mas tivemos uma estranha desconexão naquele dia. Ernst estava ligando para os austríacos diretamente. Owen estava enfurnado no computador dele. Bill estava distraído por causa de Sally. Leslie era inútil. — Ela pausa e bebe o vinho. — Mas se você quer culpar alguém pelo caos, fale com Vick. O que ele diz?

— Não falei com ele — respondo sinceramente, porque, apesar de ver Vick todos os dias, temos um acordo silencioso para que minha investigação Frankler não tenha nada a ver com ele. É sobre mim, os arquivos e o subalterno ocasional que precisa ser interrogado por respostas.

— Bem, mas deveria. Você pode me questionar ou interrogar Bill o quanto quiser, mas o verdadeiro responsável é o Vick.

— Falei com Gene Wilcox.

Um pequeno sorriso.

— Gene? Como está aquele agente duplo? — Ela pisca, consciente do peso da sua declaração. — Acho que ele está mais para uma cobra.

— Está fazendo uma fortuna trabalhando para os militares.

— Bom para ele.

— Gene me contou que você estava atrás dos registros telefônicos da embaixada.

— Também contou que não conseguia tirar as mãos de mim? Eu aguardo.

— Ele tentava trocar informações com a minha bunda cinco vezes por dia, mas não me passava nada além de sua mão. Lembra como ele mastigava aquele chiclete?

— Por que você estava atrás dos registros telefônicos?

— Isso importa?

— Talvez não. Estou apenas surpreso que, com tudo que estava acontecendo, você tenha desperdiçado seu tempo vasculhando as ligações de todo mundo.

Ela levanta sua taça, pensa melhor e, então, a repousa na mesa de novo.

— OK, Henry. Vou jogar. Lembra o que eles nos ensinaram na Academia?

— O que eles não nos ensinaram na Academia?

— Aquele palhaço com o tapa-olho de pirata sempre dizia que, se a resposta não está na sua frente ou atrás de você, lembre-se de que há outras quatro direções para olhar.

— Sabedoria pirata.

Pensando novamente, ela bebe o vinho, passa a língua pelos lábios e diz:

— A suspeita começou com Ahmed, no avião. Tenho de explicar a você todos os detalhes?

— Apenas me entretenha.

— OK, Henry. Ahmed Najjar era, por uma coincidência divina, nosso homem a bordo. Os sequestradores coletaram todos os celulares rapidamente, mas Ahmed, sendo um bom escoteiro, tinha um extra. Então, recebemos mensagens periódicas dele. Era fluente em árabe e farsi, portanto devia ter uma boa ideia do que estava acontecendo. Mas ele não nos disse muita coisa. Falou onde os reféns estavam, relatou um pouco do drama no interior e sugeriu um plano de ataque. Depois disso, seu tom mudou. Começou a nos alertar do perigo. A pedir de cooperássemos.

— Porque ele sabia que os sequestradores estavam falando sério.

— Nós *já* sabíamos que eles estavam falando sério. Você deixou bem claro com seu discurso sobre a integridade do grupo. Mas algo mudou a opinião dele.

— O quê?

— Essa é a questão — diz ela. Sem sorrisos. — O que fez Ahmed repentinamente soar como outra pessoa?

Aguardo sua resposta para a própria pergunta, mas ela não parece interessada em fazer isso. Apenas bebe o vinho e me observa friamente. Tento encará-la, mas seu olhar é duro, quase brutal — do tipo que alguém nesta utopia não teria razão para usar. Isso me enche de uma estranha mistura de preocupação e excitação. Ela está tentando virar a mesa? Talvez, mas só se tiver esquecido com quem está dividindo a refeição. Eu respondo:

— Talvez fosse uma pessoa diferente, afinal.

Ela concorda. Curta e grossa.

— Então, você está dizendo que ele foi descoberto mais cedo do que achávamos? — pergunto.

— É óbvio.

— É mesmo?

— Sim, Henry. Sempre foi bastante óbvio.

Percebo que meus lábios estão secos e passo a língua por eles.

— Como ele foi descoberto?

Ela não precisa responder e sabe disso. Apenas me observa com aqueles olhos escuros, e fica claro que está esperando que eu admita a derrota. Não estou preparado para isso. Nunca estarei. Meu primeiro passo será mostrar o quão ridícula ela está soando.

— Então, pareceu aceitável para você alguém na embaixada usar um telefone da Agência para ligar para os terroristas e bater um papo?

Um suspiro. Um longo e desapontado suspiro. Depois de encarar aquele olhar, essa interrupção é um alívio.

— Henry, você é um oficial robótico agora. Precisa realmente fazer essa pergunta?

— Nunca falei que era um bom robô.

Ela balança a cabeça. Os cabelos castanhos se espalham por seus ombros.

— Você tira o seu da reta — diz ela. — É a primeira regra da vida corporativa e, se você não percebeu isso ainda, vai terminar sem uma pensão. Se alguém na embaixada está vazando informações, a primeira coisa que você faz é guardar a descoberta para si mesmo. A segunda coisa é vasculhar os registros telefônicos, senão sua competência vai ser questionada no futuro. Algum palhaço da Interpol, por exemplo, vai descobrir isso anos depois e sujar seu nome em todas as comunicações diplomáticas.

Eu concordo, aceitando o argumento.

— Você achou algo?

— Claro que não — responde ela. — Mas era minha obrigação tentar.

Ela está mentindo, é óbvio. É por isso que vim bater à sua porta.

2

Foi diferente com Bill. Um voo rápido para Londres, onde passei poucas horas conduzindo uma vigilância casual na casa dele e Sally, em Hampstead. Admirando aquela rua pitoresca, cercada por árvores, que levava a um charco. Preenchendo todos os detalhes para avaliar exatamente em que tipo de mundo ele vivia agora. Vi alunos com uniformes de escola pública, banqueiros e financiadores, alguns até mesmo vestindo ternos risca-de-giz, esposas com o mundo a um toque na tela do celular, e babás de diversas etnias empurrando carrinhos de bebê e se encontrando no parque para reclamar de seus patrões em sotaques do Caribe ou do norte da África. Passei até mesmo 20 minutos seguindo Sally da sua casa até uma floricultura e, depois, a um empório. Ela parecia saudável e forte de um jeito que nunca fora em Viena. Assim como Celia, eu sabia por quê: seu sonho se realizara. Tinha emasculado completamente o marido e transplantado a relação de mestre e serviçal para um país onde suas rédeas eram mais firmes. Ela havia vencido. Sua vida terminou com uma vitória.

Então, quando fiz a ligação, sabia que o Bill Compton com quem eu conversava já fora derrotado. Sabia que só precisava fazer as perguntas certas.

— Henry. Bem. Há quanto tempo.

— Precisamos conversar, Bill.

— Bem, estou meio...

— Agora, Bill. É urgente.

— Agora? Henry, eu não...

— *Vermelho*, Bill. Vermelho.

Pude ouvi-lo inspirar, como se tivesse levado um soco no estômago.

— OK, Henry. Onde?

Encontrei Bill em um pub razoavelmente cheio, não muito longe de sua casa, e, quando nos espremamos em uma mesa no canto, ele imediatamente levantou a mão para pedir uma Newcastle. Pedi uma Coca, mas, quando vi a expressão preocupada em seu rosto, falei para a garçonete:

— E coloque um pouco de rum, por favor.

Bill parecia bastante desgastado. Um idoso cuja vida era ditada pelos caprichos da mulher. Cuja vida certa vez representou o auge do serviço ao país. Cujas mãos um dia filtraram a sujeira de assuntos internacionais. Agora não passava de uma sombra daquela grandeza: um homem pálido demais curvado sobre sua cerveja. Ele parecia assustado, e de certa maneira eu também estava. Enquanto eu dava pequenos passos rumo à liberdade, encarava ali um homem que havia abandonado a sua. Foi muito fácil me imaginar um dia como ele.

Conto a mesma história que contei a Celia. Interpol, um jovem figurão. Mas, ao contrário de Celia, não fingi ser mais um exercício burocrático para tirar uma agência internacional da minha cola.

— Esse analista pode ser jovem, Bill, mas está trazendo à tona assuntos graves. E precisamos descobrir isso antes dele.

— Tudo bem, Henry. Fico feliz em ajudar. Você sabe disso.

Não sabia nada disso, mas continuei. Fiz com que falasse sobre aqueles dias. Ele entrou em detalhes sobre o estado de saúde da mulher, até mesmo admitindo que tinha tentado deixá-la. As dores no peito, o sangue, o hospital. O escritório. Enquanto prosseguia, eu ouvia friamente, sem me preocupar em deixá-lo mais confortável, observando sua ansiedade aumentar. Lancei algumas perguntas mais sugestivas.

"E, naquele momento, você estava *onde*, exatamente?"

"Esse tipo de informação, você teria acesso a isso, correto?"

"Com tudo que estava acontecendo com Sally, você tinha um motivo para ficar fora do escritório, certo?"

— Você sempre teve uma cabeça mais liberal, não é? Solidário, digamos, às injustiças econômicas que motivavam grupos como o Aslim Taslam.

— Não tanto quanto você — disparou ele, as bochechas vermelhas e suor descendo pelo rosto. — Pelo que me lembro, você adorava a integridade deles.

Não precisei falar mais nada. Só retribuí com um sorriso.

Ele repousou a segunda caneca de Newcastle, os olhos bem abertos.

— Aonde você está querendo chegar, Henry? Está tentando me *acusar* de alguma coisa? O quê? Que eu estava ligando para aqueles cretinos no 127? Você sabe quantos anos da minha vida dediquei ao meu país? Sabe os abusos que aguentei em nome do meu país? Pela porra da Agência? Eles trituram seus funcionários em um moedor de carne. Olhe como estou agora. — Ele abriu as mãos para mostrar o homem desgastado que aparentava ser uma década mais velho do que realmente era. — Dê uma espiada no que será o seu futuro. É assim que você vai terminar.

Deixo Bill terminar o discurso sobre seu martírio, então olho para ele em silêncio antes de me aproximar.

— Bill, quando eu te acusar de colaborar com os inimigos dos Estados Unidos, você saberá. Não estarei sozinho. Haverá dois brutamontes nas cadeiras atrás de você segurando seus braços.

E não estaremos em um pub, mas sim em um porão na Romênia. Sacou? Agora responda minhas perguntas antes que eu decida fazer alguns telefonemas importantes.

Foi exagerado da minha parte e percebi isso na hora. Mas você aprende a descobrir os pontos fracos e pressioná-los com força. As fraquezas de Bill estavam estampadas em sua testa. Sua mudança para a Inglaterra não fora apenas uma rendição à Sally, mas também uma fuga dos traumas da vida na Agência. Por um ano inteiro, ele havia relaxado com a ilusão de ter escapado tão incólume quanto Celia. Quando cheguei para explodir esse mito, todos os seus velhos medos e paranoias retornaram à superfície. Fico me perguntando como ele conseguiu sobreviver para se aposentar.

Bill respirou com a boca aberta, o rosto vermelho, parecendo um homem derrubado por um ataque cardíaco. Ele levantou as duas mãos em súplica.

— OK, Henry. Saquei. É que... Ainda machuca, pensar naqueles dias. Pensar na merda que aconteceu. Tenho pesadelos, é sério. Uma vez por semana, acordo com tremores. Não sou um homem saudável.

— Sua saúde é outro assunto, Bill. Fale.

— OK, certo. Claro que notamos a diferença entre a mensagem final de Ahmed e as anteriores, e sabíamos o que significava. Todos nós sabíamos. Só não podíamos falar em voz alta. Mas quando estava indo embora naquela noite, Vick me chamou para discutir o elefante na sala.

— Só você?

— Eu e Owen. Jogamos algumas ideias. Talvez não fosse nossa embaixada vazando informações para os sequestradores. Se não éramos nós, quem era? O Irã? O fato de que estavam falando russo no telefone não ajudou em nada, pois era a língua preferencial de Ilyas Shishani. Mas, por um momento, discutimos a ideia de os russos estarem ajudando os sequestradores. — Ele balançou a cabeça. — Ajudando um terrorista checheno? Sem chances. Havia seis britânicos a bordo, então tentamos colocar a culpa em Londres. Nos sentimos melhor por trinta segundos, então Owen lembrou que a embaixada britânica estava fora das negociações. Eles não saberiam nem mesmo o que falar para os sequestradores. — Bill tomou outro gole. — Claro, sempre havia a possibilidade de estarmos errados. Talvez *fosse* Ahmed, são e salvo, e ele tivesse apenas decidido perder tempo digitando preposições e artigos. Ou talvez não fosse Ahmed, mas ele tivesse simplesmente sido descoberto. Estupidez e má sorte regem as relações internacionais tanto quanto qualquer outra coisa. Entende? — disse Bill, esperando de verdade que eu enxergasse as coisas como ele. — Não sabíamos de nada, de fato. Estávamos nos agarrando a uma vã esperança.

— Onde estava Celia?

— Celia? Estava conversando com contatos que não renderam fruto. E passando tempo com você. Ela ainda mora na Califórnia?

— Você discutiu com ela a teoria de Vick sobre o vazamento?

Quando ele balançou a cabeça novamente, suas papadas balançaram como as de um cachorro velho.

— Vick pediu para manter segredo. Primeiro, precisávamos pensar em controlar as consequências. Então, não, não contei nada para ela. Além disso, até sabermos o que estava acontecendo, ela tinha de ser considerada suspeita. — Ele hesitou, talvez se perguntando se isso teria soado como uma acusação. — Todo mundo era suspeito: Ernst, Leslie, você. Não tenho nem certeza de por que Vick decidiu confiar em mim e Owen. É possível que não tenha e estivesse tentando analisar nossas reações. Pelo que sei, ele pode ter sentado com outros para ter a mesma conversa.

— Ele não fez isso — afirmei.

Bill concordou com a cabeça, absorvendo a informação, permitindo a si mesmo um instante para se livrar de suas ansiedades e analisar tudo de longe. Pude vê-lo relaxar.

— Depois disso, quando os sujeitos de Langley sentaram conosco, como você explicou tudo para eles? — perguntei.

Ele piscou, a tensão de volta ao seu rosto. Procurou pela cerveja, mas a caneca estava vazia.

— Não expliquei.

— Não?

— Bem, não tinha mais razão, não é mesmo?

— Como assim, Bill?

Ele me encarou, sabendo que eu estava tentando provocá-lo, mas incapaz de reverter a situação.

— Estava terminado. Tudo tinha sido um fracasso. Se começássemos a gritar sobre um agente duplo, encorajando a suspeita de Langley, então seria o fim de todos nós. Se não é possível culpar uma pessoa pelo crime, todo mundo sai manchado.

— Você estava tirando o seu da reta.

— Exatamente, Henry. E não diga que você faria diferente.

— Não sou eu quem está sendo interrogado, Bill. Você quem está em apuros. Foi você quem mentiu para os investigadores.

— E o Vick?

— Vick não está aqui agora. Owen, claro, está morto.

Ele abriu a boca para afirmar o óbvio, mas voltou atrás, tentando não piorar a situação.

— Vamos voltar à Celia — sugeri. — Por que ela estava checando os registros telefônicos da embaixada?

Bill se encostou na cadeira, os olhos se estreitando.

— Não sabia que ela tinha feito isso.

— Na primeira noite, depois que você saiu do escritório. Verificou todos eles.

Ele balançou a cabeça novamente, as bochechas sacudindo.

— Não fazia ideia. Vick pediu que ela fizesse isso?

— Não, mas deu permissão. O que você acha que ela encontrou?

— Não sei.

— Eu me pergunto — começo eu, inclinando a cabeça — o que ela teria feito se descobrisse que seu querido chefe havia feito algumas ligações questionáveis para a Jordânia?

Ele piscou de novo.

— *O quê?*

— Veja bem, Bill, eu mesmo analisei os registros. Faz só uma semana. Havia uma ligação direta da sua linha para um número em Amã. Durou cerca de trinta segundos, às 21h38.

A boca dele ficou aberta, úmida e estúpida.

— É de confundir a cabeça — continuei. — Como alguém tão imerso em assuntos clandestinos poderia ligar do próprio telefone do escritório? Mas, como você mesmo disse, a estupidez rege as relações internacionais tanto quanto qualquer outra coisa.

Ele tentou falar, mas eu prossegui.

— Levei um tempo para rastrear. Precisei cobrar uns favores dos jordanianos para que verificassem os registros deles. O número só existiu por uma semana e levava a uma quitinete desocupada em Amã. Foi desconectado dois dias depois do Flughafen. Meus contatos me disseram que foi usado como retransmissor. Não sabiam qual era o número final, mas consigo imaginar.

As mãos dele soltaram a caneca vazia e repousaram, palmas para baixo, na mesa riscada.

— Jesus. — A cor retornou a seu rosto. Suas mãos se debatiam. — O que você está *insinuando?* Jesus Cristo, Henry. Está procurando um bode expiatório? Nunca tranquei a porta da minha sala, você sabe disso! Qualquer um pode ter usado meu telefone. Você, Celia, Vick, Owen, Leslie, Ernst... Você está interrogando o Ernst? Deveria. Era ele quem saía o tempo todo para ligar para os austríacos dele.

Não havia falado com Ernst e não tinha a intenção de fazê-lo. Minha conversa com Gene, duas semanas antes, havia elucidado levemente o método e a nuance necessários para encerrar a Frankler, e eu não queria nenhuma distração.

— Não vou jogar nenhum nome na mesa, Bill. Não fazemos isso. Olhamos para as evidências. Seguimos as provas. Especulação é para amadores. E essa vida toda que você construiu, sua casa bonitinha, pubs ingleses, clubes privativos de jantar, tudo pode desaparecer assim. — Estalei meus dedos, e ele se encolheu. — Então não fique de palhaçada comigo, Bill. Você não quer terminar do lado errado da investigação. Você sabe que não fazemos mais prisioneiros.

Lá estavam: os olhos nublados. A lágrima se formando na pálpebra vermelha e inchada. Eu o tinha nas mãos. Ele era meu.

— Agora me conte sobre Celia.

3

— Você honestamente não achou nada? — pergunto incisivamente.

Ela dá de ombros, evasiva.

— Tinha de verificar, mas só um idiota usaria o telefone da embaixada.

— Sim, um idiota. — E ninguém cometeria o erro de achar que Celia Favreau era uma idiota. Então, como explicar isso?

Mais especificamente: como explicar isso sem explicar a ela? Como encorajá-la a preparar a armadilha sozinha e, depois, saltar dentro dela? O que eu preciso é que ela traga tudo à tona, de A a Z, em sua voz deliciosamente detalhada. *Mais uma bebida*, penso. Mais uma bebida para afrouxar a língua. Eu me aproximo e abro as mãos.

— Digamos que alguém não era um idiota, mas ainda assim escolheu usar uma linha da embaixada. Como você explicaria isso?

A pausa mais curta da noite; lábios cerrados e sobrancelhas apontando para baixo.

— Diga-me você, Henry.

— Quem sabe? — Balanço a cabeça, entrando no papel. — Estamos falando de um indivíduo bastante perturbado. Esperto ou não, ele possui uma lógica bem perversa.

— Por isso eu gostaria de ouvir de você, Henry.

Nós — ambos — somos salvos por Rabo de Cavalo. Ela se aproxima com uma bandeja cheia de iguarias californianas. Enquanto serve a comida, anunciando o nome de cada uma e nos lembrando da educação com a qual já nos havia agraciado, noto um engasgo em sua voz. O sorriso altruísta se foi. Estranhamente, as mãos perderam a delicada fluidez, e me pergunto se o barman foi um pouco mais atrevido com ela na cozinha do que deveria.

— Cioba assado com couve e frutas para a dama — anuncia ela, engolindo de forma desconcertada antes de passar para meu prato. — Para o cavalheiro, vitela assada em molho de pimenta com risoto de parmesão e espinafre.

Então, em um espasmo inesperado, sua mão esquerda resvala na borda da taça de vinho, marcada pelos meus lábios. A taça balança e cai. Como meu reflexo já havia sido anestesiado por — quantas? Quatro? Cinco? — taças de vinho, tudo que posso fazer é assistir. Está quase vazia, mas o Chardonnay respinga em toda minha vitela, deixando manchas claras no molho marrom.

— Ah — diz ela, inclinando-se para baixo. — Mil perdões. — Ela levanta a taça e tenta pegar meu prato. — Podemos preparar outro.

Interrompo o movimento. Suas unhas polidas arranham brevemente a parte de trás da minha mão, e abro o meu sorriso mais charmoso.

— Não se preocupe.

Celia estica o pescoço, examinando o estrago.

— Vai combinar perfeitamente com a carne.

A garçonete balbucia "mas" quando retiro minha mão.

— Sério — garanto. — Não se preocupe. Tenho certeza de que vou adorar.

Ela hesita novamente, pairando ao lado da mesa até Celia oferecer um dos seus famosos sorrisos ao levantar o garfo.

— Isso é tudo. Obrigada.

Quando Rabo de Cavalo se afasta, a vejo olhar para mim com uma expressão de vergonha mortal. Nos fundos, o executivo muquirana está me encarando, franzindo a testa em sinal de desaprovação por cima do *San Francisco Chronicle*.

— Eles torturam garçonetes nesta cidade? — pergunto.

— Ela está nervosa com seus olhares lascivos — afirma Celia, colocando um pedaço de peixe na boca. — Hmm. Você deveria experimentar isso.

— Não estava secando ela — murmuro, considerando sua resposta.

Quando me viro, encontro Celia segurando seu garfo com um pedaço da carne branca de cioba. Experimento, admito que é delicioso e, então, corto um pedaço da vitela rosada. Totalmente macia, incólume aos respingos do vinho. Relaxando novamente, ofereço um pedaço para Celia, mas, quando o faço, ela balança a cabeça negativamente e recusa.

— Não toco mais em animais terrestres.

— Que coisa mais californiana.

— Você é preconceituoso.

— Falo apenas o que estou vendo — rebato, completando: — Você gostou daquele bacon, não foi?

— Você me disse para aproveitar a vida um pouco.

— Então aproveite um pouco mais.

Ela sacode lentamente o garfo contra mim, mas nenhum sorriso o acompanha.

— Já vivi o bastante.

Por um momento, comemos em silêncio, ambos hipnotizados pela riqueza de sabores em nossos pratos. Em Viena, amávamos ir a novos restaurantes. Não éramos amantes da culinária, exatamente, porque eu mal sabia o que estava consumindo. Apenas apreciávamos boa comida e estávamos dispostos a pagar por ela: Zum Schwarzen Kameel, Mraz & Sohn, Kim Kocht, Steirereck...

e Walter Bauer, o restaurante que visitamos apenas uma vez, durante aquelas horas de tensão antes da catástrofe final do Flughafen. A mesma noite em que, mais tarde, ela pediria para Gene Wilcox lhe passar os registros telefônicos e descobriria uma ligação para Amã do telefone do seu chefe. Por que ela nunca compartilhou essa informação com Vick ou qualquer um de nós é um dos mistérios que vim aqui descobrir.

Foi uma noite de términos. Nosso último jantar juntos e, algumas horas depois, antes de tudo terminar tragicamente na pista de pouso, nossa última relação sexual. Não a melhor, nem a pior, mas, se soubesse que seria o fim de nosso tempo juntos, teria me dedicado mais. Teria dado mais e recebido mais. Teria me comprometido mais a guardar memórias, porque, mais tarde, memórias foram tudo que me restou.

4

Um jovem com costeletas de hipster se aproxima com vinho, se oferecendo para encher nossas taças. Ele é magricelo, 25 anos no máximo, e suas têmporas são marcadas por cicatrizes rosas de acne. Aceitamos e, enquanto ele serve a bebida, pergunto:

— Está tudo bem com a garçonete?

— Como assim, senhor? — pergunta ele na direção das taças.

— A garota que trouxe nossa comida. Ela parecia... Não sei. Angustiada.

Ele levanta os olhos na minha direção, revelando um sorriso tão largo que me parece falso.

— Ah, ela está bem. *Na verdade* — completa ele, abaixando a cabeça e a voz —, ela está grávida de dois meses. Está com enjoos matinais o dia inteiro. Imprevisível. Vai mais cedo para casa.

— Ah, deseje melhoras a ela, então.

Aquele sorriso espalhafatoso.

— Transmitirei o recado — responde ele antes de se retirar.

— Sonho com isso de vez em quando — revela Celia, seguran-do uma garfada de couve e frutas a poucos centímetros da boca, congelada em uma pose reflexiva.

— Com o quê?

— O voo 127. As coisas que não sabemos me assombram; o que aconteceu *dentro* do avião. — Ela desiste da comida e repousa o garfo em cima do prato. — A técnica toda deles, separando as crianças. Eu certamente tinha pesadelos com isso naquela época, mas agora, com Ginny e Evan, eles se tornaram insuportáveis. Quer dizer, não há nada de muito criativo em relação aos meus pesadelos. São exatamente como você imaginaria. Estou no avião com meus filhos, Suleiman Wahed se levanta, atira em Raniyah Haddadin e manda todo mundo se acalmar. Então, ele pede as crianças. — Ela pausa mais uma vez, refletindo. — O que eu teria feito? Provavelmente o mesmo que todo mundo. Teria confiado na esperança. Apesar das provas contrárias, teria me agarrado à convicção de que, se fizesse o que aqueles homens pediam, tudo terminaria bem. Afinal, até jihadistas gostam de crianças, certo? Eles não as machucariam, a menos que fossem provocados. Então, como todo mundo no voo 127, exceto Ahmed, é claro, eu teria escutado atentamente e seguido suas ordens. Não teria incitado nada. Não teria tentado organizar nenhuma rebelião. Teria sido obediente e submissa.

Assinto, ciente de que suas palavras estão causando o efeito desejado em mim. Ela está pedindo para que eu me coloque no lugar das vítimas, que imagine o horror da mesma maneira que ela nas suas piores noites. Mas não é necessário, porque ela não é tão especial quanto gosta de pensar. Todos tivemos esses pesadelos: eu, Bill, Vick, Ernst, Leslie. Até mesmo Gene, aposto. Nos últimos meses, revisitando o caso, os pesadelos têm me assombrado pelo menos três ou quatro vezes por semana.

— Porém, nos meus sonhos — continua ela —, não sou submissa. Sou maternal. Sou raivosa e violenta. Não sei se você sabe, mas, quando os filhos se tornam o centro da sua vida, a capacidade de recorrer à violência aumenta em cerca de dez vezes. A simples *ideia* de alguém os levar embora ou machucá-los se torna justificativa para qualquer tipo de violência que você possa imaginar. Tortura. Assassinato. Genocídio. Todas essas coisas tornam-se aceitáveis quando a segurança das suas crianças está em risco.

— Genocídio?

Ela dá de ombros.

— Não acho que posso exemplificar um genocídio neste caso, mas quem sabe? Assassinato, por outro lado, isso é fácil.

— Eu me lembrarei de não ficar entre você e seus filhos.

Ela sorri, ressaltando as rugas nos olhos, então pega o garfo novamente e come. Faço o mesmo, mastigando e pensando no acontecimento que nos marcou. Com a vitela ainda na língua, digo:

— Você não respondeu a minha pergunta mais cedo. Sobre por que um traidor seria burro o suficiente para usar o telefone da embaixada.

Ela pensa sobre isso e noto que sua relutância inicial se foi. O vinho, acredito, está tranquilizando-a, deixando-a mais confiante.

— Acho que é óbvio. Não é? — pergunta Celia.

— Bem, sou o idiota na mesa.

Ela dá de ombros novamente.

— Para minar a presença da Agência na embaixada, claro.

— Ah! Faz sentido — concordo. — Deixar a evidência escancarada.

— Mas a pergunta é irrelevante, não é?

Pisco para ela.

— Porque não houve nenhuma ligação de um telefone da embaixada.

Concordo com essa mentira, momentaneamente extasiado pelo autocontrole absoluto de Celia. O que ela sabe? Ela sabe, porque contei, que estou investigando o desastre do Flughafen. Ela sabe, porque dei pistas, que vi os registros telefônicos. Mesmo assim, veja só ela: o pulso esguio que leva aos tendões da sua mão, tudo perfeitamente imóvel. Ela está totalmente em paz. Ou atua como se estivesse em paz de forma impecável. Gostaria que tivéssemos uma história diferente. Apesar de tudo — minha ligação para Treble e a certeza de que essa noite será o fim de tudo entre nós dois —, estou arrebatado por sentimentos românticos piegas. Como isso é possível?

Talvez seja porque na vida de cada homem há poucas mulheres capazes de virá-los do avesso, que conseguem aleijá-lo só com um sorriso. São fraquezas, mas também um sinal de humanidade. Sem essas falhas, um homem não vive de verdade.

Mas ele pode tentar.

Quando ela inclina a cabeça, me examinando, começo a sentir no estômago um retorcer apertado, como se seu olhar provocasse uma onda repentina de ácido. Ela sabe, percebo isso. Ela sabe exatamente quais são minhas intenções. Preciso ser cuidadoso.

5

Estou terminando minha comida, pensando sobre o que vem a seguir, quando olho para frente e vejo Celia me encarando. Ela está diferente agora, da mesma maneira que um rosto muda quando nuvens encobrem o sol. Seus olhos estão marejados.

— Você está *chorando*, Cee?

Ela nega com a cabeça, seca a parte de baixo do olho com a ponta do dedo indicador e diz:

— Apenas pensando.

— Sobre...?

Um sorriso pálido, então sacode a cabeça novamente.

— E você? No que você está pensando?

Penso em um bocado de coisas. Penso nos tornozelos dela, como era senti-los em minha mão, as pontas de meus dedos tocando o outro lado. Penso em jantares caros e risadas. Penso em acordar antes dela ocasionalmente e medir suas feições adormecidas com meu olhar. Penso com tristeza nos anos solitários na minha cama, desesperadamente reconstruindo sua imagem a partir de velhas plantas mentais. Penso no que estou fazendo com ela agora e me pergunto se serei capaz de viver comigo mesmo, ainda que esteja fazendo tudo isso para sobreviver.

— Estou pensando em nossa história. É uma boa história.

Ela pisca algumas vezes, novamente secando as lágrimas, e se endireita. Funga e olha para o vinho na sua taça sem tocar nele. O feitiço se dissipa quando ela fala:

— Por que você não culpa Owen Lassiter?

— Como é?

— Ele se matou, afinal. Três meses depois do Flughafen. Ninguém nunca explicou as razões de verdade. Houve um caso amoroso frustrado, mas deu errado *depois* do Flughafen. — Ela levanta as mãos. — Por quê? A culpa destrói seu relacionamento, então a culpa e a solidão o consomem. É uma narrativa perfeita, e ele não está vivo para se defender. Muito mais fácil do que o que você está fazendo.

Ela fala como se isso nunca tivesse passado pela minha cabeça, embora tenha sido a primeira coisa que me ocorreu quando o nojentinho do Larry Daniels foi até Vick com suas teorias do mal.

— Não funcionaria — respondo.

— Por que não?

— Primeiramente, porque não é verdade. Mas isso não é tão importante. Há uma questão prática.

— Qual?

— A família dele.

Ela levanta seu queixo, pensando, então concorda.

— Verdade. O senador Lassiter, do Wyoming.

— Dois anos atrás, ele terminou no comitê de Segurança Nacional e Assuntos Governamentais. Se aponto o dedo para seu sobrinho, terei centenas de tijolos voando na minha cabeça. E uma narrativa perfeita não será suficiente para uma defesa.

— Que tal Ernst?

Apesar de tudo, sorrio. Tenho a sensação de que ela vai repassar toda a lista, exatamente como Bill. Não, não *exatamente* como ele. Bill lançou nomes de maneira desesperada, cavando toda a sujeira para não ser soterrado. Não há desespero na voz de Celia, e ela fala de uma maneira que parece estar oferecendo alternativas para *me* ajudar, em vez de a si própria. Ajudar a encontrar outra saída. Uma rota de fuga para que não precise fazer isso com ela. Mas já analisei todas as opções, uma por uma, e esse é o único caminho que me restou.

— O problema com Ernst é que ele ainda está respirando.

— Não estamos todos?

Ela quer que eu diga? Talvez. Talvez queira que eu confesse a razão prática da minha viagem até Carmel para encurralá-la depois de todos esses anos: acesso. Ou melhor: *falta* de acesso. Ela é a única de nós que levantou um muro entre si mesma e a Agência, a única que não possui mais o poder para se defender. A ironia da situação é que o muro que construiu para se proteger é o mesmo que vai prendê-la.

— Você deseja continuar sua história? — pergunto.

Ela inclina a cabeça, assimilando a situação, e tenho a sensação de que vai chorar novamente. Será que ela sabe mesmo? Ela percebe que não importa o que diga, o caminho já foi pavimentado? Não faço ideia, e sua resposta não me dá nenhuma pista.

— Tenho uma teoria sobre a infelicidade. Quer ouvir?

— Estou intrigado.

Ela pisca para mim.

— Não se preocupe, não é nada brilhante. Foi algo que pensei ainda em Viena, quando estávamos juntos — diz ela. — Expectativas são a fonte de toda a infelicidade humana.

— Expectativas?

— Claro. — Um sorriso. — Por exemplo, o que eu esperava da Califórnia? Vou te dizer: relaxar. Um certo luxo. Um pouco de estímulo intelectual. Um lugar seguro para criar meus filhos. Acima de tudo, no entanto, a coisa mais importante foi a completa fuga da Agência. Queria deixar tudo para trás. Então, duas semanas depois de chegar aqui, recebo uma ligação de um sujeito chamado Karl. Com *K*. Ele me diz que Bill está em apuros. O que posso fazer? Peço mais informações. Então, ele me encontra em um restaurante. Sim, este mesmo. E diz que meu Bill, aquele a quem dediquei boa parte da minha vida, tinha ido para o lado do mal. Estava vendendo segredos a quem pagasse mais. Não para a França, Inglaterra ou até mesmo China, mas para o pior dos piores: os islamistas, o Talibã, al-Qaeda. Seus heróis, o Aslim Taslam.

— Eles não são meus heróis.

— Pouco importa. A questão é que Karl quer que eu ajude a derrubá-lo. Bill. *Meu* Bill. Quer me levar para Viena e atraí-lo para uma armadilha. O Flughafen, diz ele, ainda está muito recente na memória dos austríacos. Então pergunto: *Karl, você é austríaco?* Ele pisca um bocado, limpa o suor das sobrancelhas e responde: *Não, mas os austríacos merecem respostas. E nós vamos dar essas respostas.* O que você acha disso?

Acho muito estranho que Vick nunca tenha me contado nada disso, mas então reconsidero e vejo que talvez não seja. Ele nunca teria orgulho de jogar nossas falhas nos ombros de um veterano graúdo só para amaciar a relação com os austríacos.

— Acho que é uma bela história — respondo.

— Acredita nela?

— Acredito em tudo que você fala — minto, então dou um sorriso para reforçar a frase. — O que você fez?

— Mandei ele se danar. Falei que Bill nunca nos vendeu aos islamistas. Talvez tenha compartilhado coisas com aliados, e não seria o primeiro, mas há certos limites que ele nunca ultrapassaria.

— Você realmente acredita nisso? — pergunto, embora compartilhe de sua crença.

— Sigo as evidências, Henry. Baseio-me no que conheço. E não vou revirar minha vida ou a de Bill com base na especulação de um estranho.

— Bom para você. Ele aceitou isso?

— O que ele poderia fazer? Ele me entregou seu cartão e disse para entrar em contato caso mudasse de ideia. — Ela dá de ombros, levantando a taça. — A questão, querido Henry, é que essa experiência azedou as coisas para mim aqui. Por muito tempo, fiquei decepcionada com a Califórnia. Não era tão pacífica e relaxante quanto me fizeram acreditar. Não para mim, pelo menos. Eu me tornei mais sombria aqui, desconectada. Eu me sentia como um fantasma. Contei a você sobre minhas visitas ao médico. Comecei a depender de Frontal para me manter equilibrada. Minha vida era boa, mas não conseguia enxergar isso. Estava cega. Estava infeliz. Por quê? Porque esperei demais dessa vida. Se tivesse contado apenas com uma mudança de cenário, teria sido surpreendida de uma boa maneira. Mas, não. Eu tinha de exigir tudo da minha nova região e isso fez com que me sentisse enganada.

— Mesmo com o Frontal?

— Mesmo com o Frontal. Até Evan nascer. E sabe por quê?

— Não.

— Porque eu não fazia ideia do que esperar dele.

— Talvez eu devesse ter um filho.

Ela sorri para mim. Não é um sorriso gentil, nem malicioso. Posso quase sentir um pouco de pena nele.

— Talvez — diz ela. — Ou talvez não. Não sei. Não é para os fracos de coração.

— Acha que sou muito egocêntrico?

— Sim.

— Essa doeu.

Ela bebe, e eu a acompanho. Sei que está bêbada, porque eu estou bem zonzo e tenho pelo menos nove quilos a mais. Tusso na minha mão e noto um respingo de saliva rosa, um pingo de sangue. Limpo minha garganta e sinto uma queimação no estômago, os gases atacando. Pergunto-me se a culinária californiana fina, aquela que exige educação, não me serve. Fico pensando se estou velho demais para comidas de rico.

— Sabe, Cee, tenho a impressão de que você está tentando me educar, mas não tenho certeza de qual é a matéria ou por que está fazendo isso. Tem medo de que eu espalhe minha semente em algum lugar? Talvez esteja me entrevistando para substituir Drew? — Ela me lança um olhar, e levanto minhas mãos. — Ei, sonhar não custa nada. Estou apenas notando uma tendência nesta conversa. Começamos com o Flughafen e, agora, você está desviando o assunto para os meninos.

— Estou? — Ela pressiona os lábios, como estivesse surpresa. — Acho que sim, não é mesmo? Meu Deus, pais são tão chatos. O que eu estava dizendo?

6

EVIDÊNCIA
FBI

Transcrição de cartão de memória de celular retirado da casa de Karl Stein, CIA, em 7 de novembro de 2012. Investigação sobre as ações cometidas pelo Sr. Stein em 16 de outubro de 2012, arquivo 065-SF-4901.

HENRY PELHAM: A última mensagem de Ahmed. Você estava verificando os registros telefônicos.

CELIA FAVREAU: Certo. Bem, foi estranho, não foi? Quer dizer, não era apenas a ideia — de que deveríamos cancelar o ataque por causa de algumas câmeras na fuselagem do avião —, mas a gramática. Completamente diferente das anteriores. Bill tinha saído para ficar com Sally, e eu sentei à mesa dele pensando sobre isso. Olhei para as quatro mensagens que recebemos, coloquei-as lado a lado, e a diferença saltou aos meus olhos. Sabia que era uma pessoa diferente.

HENRY PELHAM: E estava certa.

CELIA FAVREAU: Sim. Bem, talvez. Porque nunca tivemos certeza. Sabemos que ele foi descoberto, mas não quando isso aconteceu. É um ponto crucial. Mas precisei seguir em frente com a teoria. Pedi os registros telefônicos para Gene, e ele recusou enquanto encarava meus seios. Como Vick não estava mais no escritório, fui procurar Sharon. Não precisei explicar nada. Simplesmente falei que queria dar uma olhada nos registros das ligações, e ela aprovou com Vick. Embora ele nunca tenha falado nada, presumo que tinha uma ideia do que eu estava fazendo. Você sabe dizer?

HENRY PELHAM: Não sei.

CELIA FAVREAU: Que estranho.

HENRY PELHAM: Estranho?

CELIA FAVREAU: Você trabalha com ele todos os dias. E, mesmo assim, nunca perguntou sobre isso?

HENRY PELHAM: Ele me dá direções.

CELIA FAVREAU: Outra maneira de dizer que ele está lavando as mãos sobre o assunto. Jogando tudo nos seus ombros.

HENRY PELHAM: Sem comentários. Mas eu sei que ele também suspeitava de um vazamento.

CELIA FAVREAU: Sério?

HENRY PELHAM: Bill me contou. [Pausa.] Não é algo tão incomum. Se um administrador não tem certeza de que pode confiar na sua equipe, a melhor coisa a ser feita é ficar quieto e observar todo mundo.

CELIA FAVREAU: Meu Deus. Fico feliz de não trabalhar mais lá.

[Barulho — taças, pessoas bebendo.]

CELIA FAVREAU: Bem, Gene finalmente me entregou os registros e gastei uma hora verificando tudo.

HENRY PELHAM: Quando você terminou?

CELIA FAVREAU: Uma hora? Uma e meia? Algo assim.

HENRY PELHAM: Depois foi para o meu apartamento.

CELIA FAVREAU: Sim. Bem, não. Primeiro, Gene e eu vimos o fim de Ahmed no computador. Então fui para o seu apartamento.

HENRY PELHAM: E depois disso?

CELIA FAVREAU: O quê?

HENRY PELHAM: Pela manhã, depois que saí, você desapareceu. Você precisa admitir que foi esquisito. Foi o fim para a gente. Decidimos morar juntos e, então... Nada.

CELIA FAVREAU: Você realmente vai fazer isso?

HENRY PELHAM: O quê?

CELIA FAVREAU: Trazer *a gente* à tona no meio de um interrogatório.

HENRY PELHAM: Isso não é um interrogatório. [Pausa.] Olha, só estou repassando a história inteira. Você me abandonou.

CELIA FAVREAU: Já te falei, Henry. Tive medo. Quando estava na sua cozinha enquanto você tomava banho, a ficha caiu em minha mente como uma tonelada de tijolos. Você. Eu. Juntos. Inseparáveis. Talvez não para sempre, mas naquele momento parecia isso. E eu surtei.

HENRY PELHAM: E, sete meses depois, você fugiu para a Califórnia com Drew.

CELIA FAVREAU: Sim.

HENRY PELHAM: Como pode isso? Um cara que você conhece há anos te amedronta quando quer dividir um apartamento. No entanto, você vai embora e se *casa* com um palhaço que mal conhece?

CELIA FAVREAU: Henry, pare. Não estrague um jantar tão agradável.

[Som de tosse.]

CELIA FAVREAU: *Ei*. Você está bem?

HENRY PELHAM: [Voz abafada] Merda. Só... Pensei que iria vomitar.

CELIA FAVREAU: Aqui. Beba um pouco d'água. [Pausa.] Melhor?

HENRY PELHAM: Sim. [Pausa.] Enfim.

CELIA FAVREAU: Tem certeza de que está bem?

HENRY PELHAM: Sim. Continue.

CELIA FAVREAU: OK. Bem, fui embora do seu apartamento. Então, voltei para o escritório e observei enquanto tudo ia ladeira abaixo.

HENRY PELHAM: No que você estava trabalhando no escritório? Teve algum progresso?

CELIA FAVREAU: Estava fazendo umas ligações, sem obter resposta alguma. Ouvindo o barulho de todo mundo tentando encontrar Ilyas Shishani. Você estava procurando por ele, não?

HENRY PELHAM: O melhor que consegui foi rastrear outro esconderijo dele, lá em Penzig. Mas ele mudava de lugar duas vezes por dia, nunca repetia. Era impossível de ser pego.

CELIA FAVREAU: Exatamente como você havia dito para Ernst.

HENRY PELHAM: Exatamente.

CELIA FAVREAU: Mas nós o capturamos no fim das contas, não foi? No Afeganistão. Agora está preso em Guantánamo.

HENRY PELHAM: Quer dizer que você ainda tem contatos na Agência.

CELIA FAVREAU: Karl me contou.

HENRY PELHAM: Quando?

CELIA FAVREAU: Em junho. Achou que eu gostaria de saber.

HENRY PELHAM: Que gentil da parte dele. [Pausa.] Mas isso é notícia antiga agora, porque ele já passou desta para melhor.

CELIA FAVREAU: Bem, isso é conveniente, não?

HENRY PELHAM: É?

CELIA FAVREAU: [Pausa.] Eu me lembro de ter ficado surpresa.

HENRY PELHAM: Com o quê?

CELIA FAVREAU: Você, Henry. Seu passado com Shishani. Tinha certeza de que seria você a capturá-lo, não uns soldados no Afeganistão. [Pausa.] De vez em quando me perguntava se ele não havia escolhido Viena por sua causa.

HENRY PELHAM: Por que ele faria isso?

CELIA FAVREAU: Não sei. Para te provocar? Tentar sua ajuda? Talvez para se entregar a você. É só muito estranho que, de todos os lugares que poderia ter escolhido para o sequestro, ele escolheu justamente a cidade onde ficava a embaixada em que você trabalhava.

HENRY PELHAM: Ah, eu também já pensei sobre isso.

CELIA FAVREAU: E? Alguma revelação?

HENRY PELHAM: Só que não sou o homem mais sortudo do mundo. [Pausa.] Não sou como Drew.

CELIA FAVREAU: [Uma risada.] Henry, seu bobo.

7

O garçom retorna para recolher nossos pratos, aquele sorriso espalhafatoso ainda no rosto, e ressaltamos a excelente qualidade da comida. É um elogio sincero, embora, se eu fosse o chef, teria colocado menos pimenta no molho — minha língua ainda está ardendo. Meu estômago, contudo, está mais calmo, e isso me faz crer que existe esperança para mim hoje. Que serei capaz de terminar a noite ileso e, quem sabe, mais forte do que nunca.

Quando o garçom oferece mais vinho, Celia me surpreende ao aceitar em nome de nós dois. Será possível que ela esteja realmente gostando de passar tempo comigo, vasculhando os destroços de uma tragédia de seis anos atrás? Ou será possível (e seria o vinho falando?) que ela esteja começando a sentir uma faísca daquela antiga atração, a conversa fácil, a comida e a carne compartilhadas?

Quando os cardápios de sobremesa e de vinhos chegam, noto que o casal de idosos havia ido embora e, além do executivo do aeroporto, somos os únicos jantando no lugar. Ele devora um filé, o jornal dobrado sobre a mesa à sua frente, como um adereço, e, quando olha na minha direção, me pergunto se não seria de fato um adereço, no sentido clandestino. É o que acontece quando você vai para utopia com motivos sinistros na mente: paranoia.

O olhar do homem desvia para Celia, um traço de lascívia ali, antes de retornar ao prato.

O garçom enche nossas taças, e Celia levanta a dela outra vez.

— Um brinde a quê?

— A restaurantes vazios, sempre melhores pelo excelente serviço.

— Sussa.

— O quê?

Ela sorri.

— É o que os jovens descolados estão falando hoje em dia. Sussa. É a abreviação de "sossegado".

— Isso é ridículo.

— Você precisa visitar seu país natal mais vezes.

Bebemos.

— Eu realmente precisava disso — comenta ela.

— Uma saída à noite?

— Exatamente. Faz... bem, faz uma eternidade. Essa cidade está cheia dos melhores restaurantes, mas a gente nunca consegue arranjar tempo.

— Filhos.

Ela repousa a taça na mesa.

— Percebo uma pitada de ironia?

Balanço minha cabeça, me esforçando ao máximo para parecer inocente, mas sem sucesso. O rosto de Celia muda levemente, se torna sombrio.

— Sei o que me tornei, Henry. Sou um tédio. Mas o que falo é verdade. Sobre filhos, quero dizer. Eles mudam tudo. Sabe aquele velho clichê, "esperei por você minha vida toda"? Bem, isso serve para filhos. Primeiro, como bebês, mas principalmente quando estão grandes o suficiente para terem personalidades definidas. É verdade, sim: você percebe que *realmente* passou a vida toda esperando para encontrar aquela pessoa. Não existe nada parecido.

— Nem mesmo o amor romântico?

Ela balança a cabeça negativamente, então esclarece.

— São coisas diferentes. — Ela toma outro gole. — Você pensa que sabe o que é o amor. Teve relacionamentos, proclamou seus sentimentos e fez planos para uma vida com outra pessoa. Mas isso é diferente. Não há ego no meio do caminho. Faz parte da evolução. É... — Ela hesita, procurando a palavra. — É *completo*. Se colocarmos lado a lado, o amor romântico é fofo. Paixão é apenas um joguinho. Até suas próprias aspirações, elas também minimizadas. *Tudo* é obscurecido pela sombra do seu amor por seus filhos.

Sorrio para ela, e meu estômago dói novamente. Meus olhos se enchem de lágrimas e pego o vinho para disfarçar meu incômodo. Porque agora eu compreendo. Entendo a lição que ela está planejando jogar sobre mim. Está ensinando algo tão avançado que precisa soletrar para mim com a clareza e a simplicidade de *Dick and Jane*. Celia está me explicando que o que tínhamos e o que perdemos não significa nada para ela, e já perdeu o significado há anos. Ela se sentia incompleta comigo; sem mim, finalmente se sente inteira.

Não sei o que dizer. Meu lado infantil, que sofre por amor e quer detalhes, deseja pressioná-la: *Você está realmente dizendo que tudo que tivemos não significa nada?* Mas esse mesmo lado também teme a resposta. Se ela confirmar meu medo, então saberei que as escolhas que fiz, as mesmas que me *definiram* durante anos, não foram somente repreensíveis, mas sem sentido.

Se ela me disser o contrário, estará mentindo, e eu saberei.

— Bem — digo, enfim. — Você me convenceu.

— De quê?

Olho para além dela e, inconscientemente, aperto a ponta do meu nariz.

— De que preciso muito ir ao banheiro.

Levanto rápido demais, e o sangue sobe à minha cabeça. Eu fraquejo.

— Você está bem?

Estou tonto e passando mal, mas não quero a pena dela. Meu rosto, posso sentir, está ruborizado.

— Volto rapidinho — murmuro e saio tropeçando.

8

Com a testa encostada na parede de azulejos ao lado da paisagem de Santorini, observo com certa surpresa quando meu jato claro de urina fica rosa. Exclamo um "Caramba!" involuntário, antes de me lembrar do celular. Tiro o aparelho do bolso e vejo que ele continua gravando tudo diligentemente: 46 minutos de conversa e um homem urinando. Pauso a gravação, guardo o celular e encaro com fascinação os últimos pingos de urina rosa. Nem olho para cima quando ouço a porta do banheiro se abrir e fechar atrás de mim. Imagino o que meu fígado está fazendo neste momento. Passei a vida bebendo muito e, agora, presumo, meus órgãos estão começando a se rebelar.

Ao meu lado, o executivo abre o zíper da calça e coloca o membro para fora. Eu me endireito, tonto. O homem pergunta:

— Você está bem?

Assinto com a cabeça, fecho meu zíper e caminho cuidadosamente para a pia. O homem diz algo que não escuto por causa do barulho da torneira. Jogo água fria no meu rosto suado. Então, ele reaparece ao meu lado e repete:

— Perguntei se *está tudo de acordo com o plano, Piccolo.*

Olho para ele através do espelho. Pesado, do mesmo jeito que me lembrava do aeroporto. Barba de poucos dias na bochecha e aparência cansada, como se estivesse viajando há um bom tempo.

— Treble?

Ele sorri e confirma com a cabeça.

— O que você está fazendo aqui?

— Reconhecendo o território — responde ele, enquanto despeja sabonete líquido nas mãos e as massageia. Então, levanta um dedo ensaboado. — Ah, você quer dizer como eu *sabia* quem era você? Não foi isso que quis dizer?

Concordo, me sentindo estúpido.

— Você usou o telefone antigo — diz ele. — Naquela época, você ligava para Bill Compton, e aí foi só juntar as peças.

— Não sou o único que ligava para Bill Compton.

— Claro — concorda ele. — Mas comecei a vigiar os voos de chegada. Vi quando você pousou.

O agente estúpido finalmente compreende:

— Você não estava no meu voo.

— Pensei que era um bom momento para trocar de carro, mas estou aqui faz alguns dias. Ela mora na Junipero com a Vista. Ei, você percebeu que a maior parte dessa cidade nem tem endereço? Que loucura. Não tem serviço de correio e, se você quiser pedir uma pizza, precisa falar a esquina da rua e quantas casas ao norte ou ao sul dela. Lugar esquisito. Eles quase não me deixaram entrar. No restaurante, digo. Acho que não estou bem vestido o suficiente.

Olho para sua camisa de colarinho aberto, sua jaqueta amassada e as calças frouxas. Ele não parece tão desarrumado, mas meu padrão é tragicamente baixo.

— Você estava aqui — continua Treble. — A garçonete tentou me dizer que estavam esperando um grupo enorme, então precisei fazer uma cena. Por fim, o barman se aproximou e disse que eu poderia ficar. — Ele funga, então limpa o nariz com o dedão. — Esnobes.

— Pois é — concordo, então fecho a torneira e seco as mãos com algumas tolhas dobradas e empilhadas perfeitamente ao lado da pia. — Olha, eu não esperava te encontrar.

— Todo mundo tem uma técnica diferente — afirma ele, sorrindo. — A minha é seguir um passo à frente.

— Certo — digo, mas não é o que estou pensando.

Estou pensando: *Tem algo de estranho na sua aparência.* Mas o que tem de estranho? Homens como ele nunca são vistos. Tudo o que se vê é o resultado de suas visitas. Então, sem nenhuma base como inspiração, tendemos a imaginá-los a partir da ficção: Matt Damon, Jean-Claude Van Damme, Jean Reno. Não um sujeito que parece um Willy Loman gordo ou os amigos beberrões depressivos do meu pai, que assistiam aos jogos na nossa TV enquanto papai preparava cachorros-quentes na churrasqueira; o tipo de amigos que passava a autobiografia de Lee Iacocca de mão em mão como se fosse um mapa de tesouro que não conseguiam descobrir.

Não. Treble não deveria ter essa aparência.

— E aí? — pergunta ele, fechando a torneira. — Ainda estamos de pé?

Mordo meu lábio inferior, considerando a pergunta.

— Não sei.

Ele dá um tapa nas minhas costas.

— E se for cancelado?

— Metade do pagamento.

— Mais a viagem.

Ele pisca e sai do banheiro. Encaro meu reflexo no espelho por um minuto, pensando sobre Treble, codinomes, celulares e Celia, sobre sua nova religião, aquela que tem suas raízes na criação de filhos. Da intriga internacional a fraldas descartáveis. De segredos governamentais a *Barney e seus amigos*. De ruas perigosas a escolas particulares. Essa é realmente a mulher que tem atormentado meus sonhos nos últimos seis anos?

É quando o pensamento me atinge como uma faca: Celia Favreau foi além do fundo do poço. Ela é louca. Maluca. Balanço a cabeça, deixando escapar um suspiro de autocomiseração pelo desperdício de imaginação dedicada às minhas fantasias sobre ela e pela escolha que tive de fazer para salvá-la, aquela que ainda me assombra seis anos depois.

Autocomiseração, sim, mas também uma pitada de alívio, porque fazer isso com uma mulher louca parece menos errado. Não sentimos muita compaixão por pessoas que enxergam o mundo de maneira diferente da nossa. Não conseguimos. E aquelas que são oficialmente insanas... bem, matá-las é como um ato de misericórdia. Possivelmente.

Quando coloco a mão no bolso para recomeçar a gravação, noto uma marca de mão molhada no ombro da minha jaqueta. Treble deixou sua marca em mim.

9

Ela está desligando o celular quando saio do banheiro com a mão na barriga, caminhando até ela. À esquerda, Treble está pegando sua carteira e conferindo a conta. Ele não olha para mim em nenhum momento, e me pergunto se, no estado em que me encontro, não imaginei a conversa inteira. Não me parece impossível e, por um instante, acredito que é até provável. Sento na cadeira e noto a preocupação no rosto de Celia.

— Você ficou lá por um bom tempo. Não está se sentindo mal, certo?

Estou, mas posso suportar mais uma hora para ir até o fim disso. Vou dar entrada em um hospital amanhã, algum lugar especializado em tratamento cardíaco.

— Estou bem — minto.

— O que é isso no seu ombro?

Passo a mão na mancha e percebo que é a prova física de que Treble realmente estava comigo no banheiro.

— Cometi o erro de pendurar uma toalha úmida no ombro.

— Você não mudou nada.

Sorrio, mas pergunto:

— Era Drew?

— No celular? — Celia pressiona os lábios e afirma com a cabeça. — Ele está tendo problemas com Evan; que, preciso admitir, chegou àquela idade de exigir tudo. Chocolate é sua nova obsessão.

— Uma obsessão compreensível.

— Nenhuma obsessão é compreensível — retruca ela. — Você aprende isso rapidamente quando vira mãe.

De repente, sou dominado por uma vontade inédita na minha vida: me aproximar e dar um tapa em Celia Favreau, ou Harrison, bem na cara.

— Chega de lições, OK?

O sorriso dela permanece igual.

— Claro, querido. — Então acrescenta: — Pedi mousse de chocolate para você.

Nossos cardápios de sobremesa, percebo, não estão mais na mesa. Que seja. Se ela quer me tratar como uma criança, tudo bem. Pensar em chocolate revira meu estômago dolorido, mas vou comer só para deixar essa louca satisfeita. Porque estou de volta agora. Preparado para ir em frente e encerrar o caso Frankler.

— Conte-me sobre as investigações internas.

Ela pensa por um momento, então resume tudo em uma palavra:

— Humilhante.

— Como assim?

— Bem, é a função deles brincar com nossas emoções. Eles atacaram minha feminilidade. Várias piadas machistas. *Uma garota linda como você trabalhando em um negócio assim? Como é transar com aquele agente de campo, Henry?*

— Eles falaram isso?

— Claro. A intenção deles era baixar minha guarda.

— Funcionou?

Ela dá de ombros.

— Falei para eles que você era mais ou menos. Então perguntei para o maior deles se gostaria de me experimentar também.

— Você não disse *isso*.

Celia fica séria repentinamente, e desconfio que está realmente falando a verdade: se ofereceu para um homem que foi enviado para investigar sua lealdade. Podia imaginar a antiga Celia dizendo isso, só por diversão. Mas ela balança a cabeça.

— Claro que não. Mandei que caíssem fora.

Também consigo acreditar nisso. É da antiga Celia que estamos falando, não da louca que se tornou.

— O que eles falaram sobre os registros telefônicos?

Ela me encara intensamente.

— Não falaram nada sobre isso.

— Quando você contou a eles sobre os registros, quero dizer.

Novamente, ela balança a cabeça.

— Não contei sobre os registros telefônicos.

Aí está. Finalmente, uma confissão. *E na gravação.* Superando meu mal-estar, faço uma expressão de surpresa, daquelas que homens inocentes adoram usar.

— Você não contou? Bem, isso é *esquisito*. Não é? Quer dizer, eles estavam tentando descobrir tudo que aconteceu, e você escondeu deles a própria investigação que conduziu. Por que faria isso?

Ela também sente que uma linha foi cruzada. Sua cabeça se inclina para que ela possa me ver melhor. Eu me pergunto se ela está se penitenciando.

— Não pareceu importante, Henry.

— Não pareceu importante? Você suspeitou de um vazamento. Tentou rastrear. Então, quando Langley chegou para descobrir se *houve* um vazamento, você escondeu sua investigação. Desculpa, Cee, mas esse tipo de lógica está além da minha compreensão.

Não tenho certeza do que está passando por sua cabeça neste momento. Ela afasta a taça para o lado, o que me faz pensar que vai passar a mão sobre a mesa e tocar em mim novamente. Parte de mim ainda deseja isso. Parte de mim até mesmo acredita que isso — quer dizer, *nós* — ainda pode ser salvo. Bastante improvável, mas existe como uma distante possibilidade. Mas ela mantém as mãos do lado da mesa e apenas me encara, um sorriso triste formando-se nos cantos da sua boca. Ela pisca, seus olhos úmidos. Será o início de um ataque de nervos, uma confissão repentina de... de quê? Culpa?

— Você sabe o porquê — afirma ela.

— Sei?

— Bem, você também checou todos aqueles registros telefônicos, não foi?

Estou tentando lembrar se contei isso para ela ou não. Não importa. Concordo com a cabeça.

— E o que você encontrou, Henry?

— Por que você não me conta?

Ela respira fundo, então suspira.

— Você encontrou uma ligação às 21h38 feita pelo telefone de Bill. Para a Jordânia.

— Você também viu isso? — pergunto, pressionando-a mais.

— Claro que vi.

— Então você mentiu para mim.

— Nós mentimos, Henry. É o que fazemos.

Sinto uma ponta de satisfação. Aqui vamos nós.

— Você encontrou essa ligação, mas não contou para ninguém sobre ela.

— Eu pretendia fazer isso, mas mudei de ideia.

Ignoro esse comentário.

— Celia, serei direto. Isso não é nada bom. Todo mundo na embaixada sabe que duas pessoas usaram aquela sala durante o incidente. Você e Bill. O fato de você ter encoberto seus achados não te dá uma vantagem. Você precisa me dar um motivo, um motivo bom e sólido, para ter escondido as evidências do resto de nós.

Lágrimas estão prestes a transbordar dos seus olhos, mas Celia tenta se controlar. Ela também está se abraçando, na defensiva. Não quer responder, então continuo.

— A Interpol só consideraria duas possibilidades. A) Você estava protegendo Bill, o chefe que você amava como se fosse um pai. B) Você estava se protegendo. Então, qual é a correta, Cee? A ou B?

CELIA

1

Primeiramente em árabe, depois em inglês, ele diz:

— Todo mundo se acalme!

Mas é difícil fazer isso quando acabamos de vê-lo se levantar e atirar no peito da aeromoça bonita, aquela que nos serviu bebidas, ficou admirada com Ginny e deu um livro de colorir e lápis de cera para Evan. Todos vimos quando ela deu um pulo para trás, em choque. Então, percebendo o que havia acontecido, caiu de joelhos no chão.

Não grito, mas não importa. Seis, talvez sete mulheres aceitaram essa missão no meu lugar. Acho que sou sortuda por ter sido treinada para esse tipo de situação. Sei quais são minhas responsabilidades.

— O que é isso? — pergunta Evan com a voz amedrontada, e Ginny se enfia no meu colo e começa a chorar.

Eu me viro para os dois e aproximo nossos rostos.

— Ouçam bem, OK? Estão me ouvindo? — Eles afirmam com a cabeça, incertos, desesperados. — Vocês vão ficar nos seus lugares em silêncio. Tem um homem malvado no avião e, se saírem dos seus lugares, ele vai machucar vocês. Entenderam?

Eles me agarram, me puxando para perto, de uma maneira que sempre me faz pensar que estão querendo voltar para o útero.

Aperto os dois como se pudesse, de verdade, escondê-los dentro de mim, onde podem estar mais seguros.

— Vai ficar tudo bem. OK? Mamãe não vai deixar nada acontecer com vocês, OK?

Eles balançam a cabeça com veemência. A força da minha voz interrompe o pranto de Ginny, mas seus olhos continuam lacrimejando. Ambos estão chorando silenciosamente. Meus olhos doem de tão secos.

É quando vejo, lá na frente, mais três homens se levantando dos seus assentos, gritando e pedindo calma.

2

Acordo com as mãos agitadas, enquanto meu celular vibra silencio-samente na mesinha de cabeceira. Do outro lado, Drew está em sono profundo, daqueles que duram até o fim da manhã. Depois que nos mudamos, ele passou meses acordando às seis horas, como se ainda houvesse um escritório exigindo sua presença. Mas, enfim, a atmosfera lenta e hipnótica de Carmel penetrou até mesmo em seu cérebro corporativo e, agora — oito e meia, olho no relógio —, ele ainda está apagado.

É um número com código +44, seguido de um 20: Londres. Levo o celular trêmulo para a sala, caminhando descalça pelo piso de pinho, e finalmente atendo:

— Sim?

— Cee?

— Quem é?

— Cee — repete a voz distante e envelhecida. — Celia, sou eu. Bill.

— Bill? — pergunto, me questionando por alguns segundos se ainda estou no mundo dos sonhos, mas não estou. Nunca sonho com Carmel. — *Bill*. Meu Deus, como você está?

— Bem, Cee. Bem. Você parece bem.

— Estou confusa.

— Você nunca esteve confusa um dia sequer em sua vida.

É um charme instintivo, algo que Bill aprendeu por trabalhar com mulheres desde jovem. A única com quem isso nunca funcionou foi sua própria esposa, e esse pensamento me faz cogitar uma ideia esperançosa.

— Sally está bem? Nada de errado com ela?

— Ela está bem. Saúde excelente.

Droga.

— Onde você está?

— Londres — responde ele. — Nos mudamos ano passado.

— Mas você detesta Londres.

Silêncio, talvez por vergonha.

— Bem, era importante para Sally.

— Ah, Bill — digo involuntariamente, embora saiba que ele não deseja minha compaixão.

— Você pode falar um minuto?

Estou na cozinha agora, sustentando o celular entre minha orelha e o ombro para que possa encher a jarra da cafeteira.

— Com você? Sempre.

— Eu tenho... — Ele hesita, respirando fundo. — Ouça, estou afastado já faz mais de um ano e talvez esteja ficando paranoico. Mas achei que deveria te ligar.

A jarra está cheia. Fecho a torneira e despejo a água na cafeteira, então me encosto no balcão.

— Diga, Bill.

— É Henry. Pelham -- acrescenta ele, como se precisasse.

— Continue. — Minha voz murchou. Não escutava esse nome há anos.

— Ele esteve aqui. Em Londres. Colocando-me em um espremedor.

— Você? Por quê?

— 127 — diz ele, seu código para o que o restante de nós chama de Flughafen. Desencosto do balcão, caminho até a sala de jantar e

180

me sento. — Ele me disse que alguém em Lyon está pedindo um relatório completo, mas fiz algumas ligações. É mentira. É algo interno.

Começo a achar que vou passar mal. Como se não bastasse Henry, trata-se também do Flughafen. E investigações internas. Para me acalmar, olho para as portas corrediças do meu jardim, onde tudo está em eterno desabrochar com o clima invariável da Califórnia.

— Por que ele mentiu? — pergunto, encarando minhas flores.

— Para me deixar relaxado, acho. Mas não ajudou. Eu... Bem, eu falei. Não sou mais tão bom nisso. Ele começou a atirar um bocado de acusações.

— Ah, Bill.

— Não, está tudo bem. Não soube lidar com a situação. Estou fora de forma. Mas estou bem, não é por isso que liguei. É com você que me preocupo.

— Você não precisa se preocupar comigo — afirmo, acreditando nas minhas palavras.

Moro há cinco anos na borda do continente e, neste tempo, me livrei de uma pele e outra cresceu no lugar. Casamento, filhos e uma nova rede de responsabilidades nesta luxuriante vila litorânea. Não finjo que o passado não existe, mas, exceto pela visita de um homem chamado Karl duas semanas depois de nos mudarmos, e um telefonema seu em junho para me contar que um inimigo da paz mundial tinha sido capturado, a Agência me deixou em paz. Embora tenha certeza de possuir inimigos do outro lado do globo, nenhum deles foi prejudicado o suficiente para procurar vingança.

Mas estou falando de Bill. Ele não diria essas coisas sem um bom motivo.

— O que você quer dizer?

— Acho que ele vai atrás de você.

No terreno à frente, as tulipas estão indo bem, mas, um pouco mais atrás, entre o parquinho e a cerca privativa, o hibisco precisa ser regado. Tem sido um outono seco.

— Como assim?

— Ele me manipulou. Me acusou de estar em contato com os chechenos. De ter ligado da embaixada. Entrei em pânico. Estava seguindo o roteiro dele o tempo todo. Foi só uma maneira de Henry ir além e enfiar seu nome na conversa.

As magnólias ainda estão em boa forma, mas estou preocupada com as pragas. Nesta época do ano, as mariposas aparecem em enxames, deixando ovos que chocam em uma semana, gerando larvas da madeira que cobrirão árvores, paredes e portas enquanto devoram tudo à sua vista.

— Como meu nome entrou na conversa?

— Você requisitou os registros telefônicos? Da embaixada?

Em vez de responder, pergunto:

— Por quê?

— Porque ele me falou que você fez isso, Celia. Falou que havia uma ligação do meu telefone para a Jordânia naquela primeira noite.

— Entendi.

— Bem, é verdade?

— Sim, Bill. É verdade.

— E você encobriu isso?

— Sim.

— Mas... Por quê? Você sabe que eu não estava conspirando com aqueles canalhas! Você *sabe* disso. Não é?

Estou perdendo o controle sobre meu jardim. Quais plantas precisam de cuidado e quais não? Tiro meus pés do piso frio e apoio na cadeira, erguendo os joelhos até meu queixo, uma mão ao redor dos meus tornozelos, a outra segurando o telefone.

— No começo, eu não sabia. Não com certeza. Mas depois, sim.

— Então por que não me falou?

— Deveria ter falado — admito.

— Sim — concorda ele, então pausa. — Olha, não liguei para te repreender. Liguei para te alertar. Eu achava que estava sob ataque com essa história da ligação. Até que perguntou sobre você. Só depois que Henry foi embora, percebi que ele estava apenas verificando o que já sabia: que eu não sabia sobre sua apuração dos registros. Ele estava diminuindo a lista de suspeitos. Até chegar a você.

Lembro de repente que estamos em uma linha aberta. Embora não tenha levado a possibilidade a sério antes, agora me pergunto se não há alguém sentado em um furgão na rua, ouvindo tudo. Tento recordar tudo o que falamos, algo que possa ser usado como evidência, mas a forte batida do meu coração está me distraindo. Então, escuto outra coisa:

— *Mamãe.* — É a voz de Ginny. Eu me levanto.

— Obrigada, Bill — agradeço enquanto passo pela sala de estar e rumo ao quarto dela. — Vou ficar de olho. Preciso ir.

Desligo na cara dele e abro a porta, encontrando Ginny, ainda sem ter completado dois anos, sentada na cama, um móvel branco da IKEA com laterais para impedir sua queda. Seu cabelo está enrolado no rosto úmido e ela respira em pequenas fungadas, acordada porque teve um pesadelo.

3

Faço ovos mexidos e encaro meu jardim fixamente enquanto, à mesa, Evan joga *Angry Birds* no iPod e Ginny mastiga torrada banhada em manteiga de amendoim. Apesar dos meus temores, Ginny não parece estar doente, e vesti-los é uma boa forma de me distrair do telefonema de Bill. Drew, sempre à moda antiga, traz um *Times* do jardim da frente e me dá um beijinho na bochecha quando joga fora o plástico protetor do jornal.

— A máquina da mídia liberal está com tudo — diz ele.

— É?

— Não que seja uma surpresa. — Ele se senta à mesa em frente a seu café, sacode o jornal e o abre. — Notícias velhas viram novas. Mitt fez algumas declarações inocentes em Israel ligando o sucesso econômico à cultura de uma nação, e estão afirmando, novamente, que ele despreza a Palestina.

Ergo meu olhar, franzindo a testa.

— O quê?

Drew faz uma careta para mim, parecendo mais velho e um pouco mais estúpido, mas sei que é apenas aparência. Não significa nada.

— Só levou o quê, quarenta anos, para os judeus fundarem uma grande nação? Isso não é sorte, isso *é* cultura. Mitt declara um fato e é taxado de preconceituoso.

Sorrio para ele, ainda incerta sobre o que está falando, mas não importa. O telefone vai tocar daqui a pouco, e ele irá para o escritório trabalhar no computador em defesa do seu querido Mitt.

— Mãe? — chama Evan, sem tirar os olhos da tela.

— Sim?

— Posso comer Nutella?

— Não.

— Tá bom — responde ele.

Ginny claramente diz:

— Um, dois, três.

— Você ouviu isso? — pergunta Drew, deixando o jornal de lado e sorrindo abertamente. — Fale de novo! — pede ele a Ginny.

Ela enche a boquinha de torrada, manteiga de amendoim espalhando por toda a bochecha.

— Ela ouviu na *Vila Sésamo* — conto para ele. — É uma música: "Um, dois, três, agora é sua vez..."

— Mesmo assim.

— Sim — concordo. — Ela é uma gênia.

O celular de Drew toca lá no quarto.

— E assim começa o dia — diz ele, se levantando, então se retira.

Sirvo os ovos, dando para Evan o garfo de adultos que ele vem exigindo ultimamente, e uso a colherzinha para alimentar Ginny. Mas Evan não quer pausar seu jogo, então tiro o iPod dele e o coloco no balcão.

— Primeiro, o café da manhã.

Ele resmunga.

Depois disso, Evan leva seu jogo para a sala, e limpo Ginny antes de colocá-la no cercadinho ao lado do sofá. Mando Evan ficar de olho nela. Ainda obcecado em pássaros explosivos detonando porcos verdes, ele resmunga obediente. Volto para a sala de jantar e começo a limpar tudo.

É quando estou na pia, tentando tirar manteiga de amendoim do prato de Ginny, que o assunto volta à minha mente. Henry deixando Bill em frangalhos para guiar uma investigação na minha direção. O que ele está tramando? Está tentando me incriminar por algo? *Aquilo?* Improvável. Se tem algo que Henry sabe é que fui mais gentil com ele do que com todos os outros. Deixei que vivesse em liberdade. E isso, agora percebo, talvez tenha sido um erro. Generosidade geralmente é um erro.

Respiro fundo e sento à mesa, pensando na nossa última noite juntos. Eu me lembro de ficar em pé naquele telefone público, ligando para o número em Amã, ouvindo aquela voz em russo e sabendo — *sabendo* — que era Ilyas Shishani. E de retornar para a embaixada depois, sentar na sala de Bill e quebrar minha cabeça de uma maneira como nunca havia feito. Pensei sobre motivações. *Por que* Bill estaria em contato com um islamista radical? Por que ele entregaria nosso único trunfo no avião? Dinheiro? Ameaças? Chantagem? Por que *qualquer* um de nós ligaria para um membro do Aslim Taslam para entregar um dos nossos homens? Não fazia sentido.

Será que tinha alguma conexão com o falso estado de saúde de Sally? Será que ela estava mesmo no hospital?

Liguei para o Krankenhaus e pedi para me conectarem ao quarto de Sally Compton. Depois de alguns minutos, a enfermeira de plantão disse que iria transferir a ligação. Desliguei, então ouvi uma batida à porta. Era Gene, seu colarinho aberto e os olhos inchados. Acenei para ele que ele entrasse.

— Celia, você precisa checar uma coisa.

Segui Gene pelo labirinto de cubículos até sua mesa e parei atrás dele enquanto balançava o mouse para tirar seu computador da hibernação. Estava no site oficial da ORF, na página de um artigo com um vídeo abaixo do título, em alemão: "Terceira morte em aeroporto."

— Entrou faz dois minutos — contou Gene enquanto clicava no botão de PLAY e aumentou o volume de suas caixas de som. Inclinei-me para perto da tela para ver melhor.

Era um vídeo com baixa luminosidade, granulado, mas nítido o suficiente para ser compreendido. Uma visão ampla do voo 127 parado na pista de pouso. Na escuridão atrás do avião, o campo aberto e, mais distante, as luzes de prédios. O aeroporto inteiro foi fechado.

A câmera estava num tripé, perfeitamente estável, e a imagem parecia uma fotografia. Então, um buraco apareceu na lateral do avião: a porta dianteira se abrindo. O operador de câmera, percebendo que finalmente tinha algo em mãos, deu um zoom no buraco, de maneira que podíamos ver o vulto de um homem parado na abertura. Era difícil visualizar suas feições, mas ele parecia mais velho, cabelos grisalhos contaminando os fios negros. Camisa branca, mangas arregaçadas e calças beges. Bigode, pele escura. Então, sem aviso, a cabeça fica borrada, como se tivesse levado uma pancada por trás — escutamos uma batida distante —, e o homem cai da porta para fora da imagem.

A tela ficou tremida enquanto o operador de câmera tentava descobrir o que fazer. Apontou a lente rapidamente para baixo para que pudéssemos ver o corpo retorcido na pista, então subiu de novo para a porta. Outro vulto estava lá, também de pele escura, porém bem mais jovem. Mais tarde o identificaríamos como sendo Ibrahim Zahir. Assim como o homem morto, ele usava uma camisa branca com mangas arregaçadas. Também segurava uma pistola. Um chiado preencheu as caixas de som de Gene quando o alcance do microfone foi aumentado. O homem gritava em inglês: "Levem seu espião!" Então, fechou a porta da aeronave.

— Mãe! Ela tá sendo malcriada!

Saio do meu devaneio e corro para a sala de estar. Ginny empilhou seus blocos de plástico contra o canto do cercadinho, formando uma espécie de escada. Estava no topo dela, tentando passar uma perna por cima da cerca. Neste exato momento, Drew entra na sala e diz:

— Olhe só nossa geniazinha!

Evan se ajeita no sofá para nos dar as costas. Eu me preocupo que ele esteja com ciúmes de toda a atenção que sua irmãzinha tem recebido. Drew anda para pegar Ginny e eu continuo na direção do quarto para trocar de roupa. Visto uma calça jeans que um dia foi folgada e abro meu laptop. Estou abotoando minha blusa na hora em que o computador apita com uma notificação de novo e-mail. Quando vejo o nome de Henry, preciso me sentar. Ele vai estar nas minhas redondezas.

4

Dois dias mais tarde, estou sentada a uma mesa de piquenique na varanda da Academia de Artes Performáticas de Carmel, enquanto Evan está na aula de balé. Ele é o único garoto na classe, mas só precisou de duas aulas para superar isso, pois é o centro das atenções. Ginny está segura com Consuela no My Museum, aprendendo a ser ativa e sociável, o que me dá 45 minutos para tomar uma decisão. Tiro da bolsa o cartão branco em alto relevo que me foi entregue duas semanas depois de nossa mudança para cá. Apenas o nome em letras pequenas — KARL STEIN — e um número de telefone.

Ainda não respondi ao e-mail de Henry. O que sei e desconfio dos seus interesses é nebuloso e levei dois dias inteiros para decidir o que fazer. Liguei para Bill, e a resposta dele foi determinada: "Não o encontre sob nenhuma circunstância. Não lhe dê essa abertura."

Mas Bill fala motivado pelo medo. O desejo dele é fugir de todas as brigas. Está aposentado, afinal de contas, e tudo o que quer nos anos que lhe restam é paz. Compreendo isso, porque, ao contrário de Drew, anseio pelo mesmo. A última coisa que desejo é ser atraída para as tramoias de Henry. No entanto, há uma diferença significativa entre mim e Bill. Tenho filhos e, uma vez que se tem filhos, a vida recomeça. Passamos a cuidar da saúde e do bem-estar com um novo propósito: o de estar por perto para poder protegê--los do mundo. Não se trata mais de viver bem, mas de viver bem pelo máximo de tempo que a humanidade permite. Portanto, dar um jeitinho não é a solução. Os problemas precisam ser encarados de frente. Ameaças precisam ser neutralizadas.

Já tomei minha decisão, mesmo que ainda esteja hesitante. É algo no ar e na beleza natural ao meu redor. É alguma coisa na calmaria que veio a definir minha vida, mesmo quando as crianças dão trabalho. Há um silêncio aqui, entre as palavras, do qual passei a ser dependente, e, se fizer essa ligação, tudo será destroçado.

Mas não há outra escolha. Não de verdade. Se eu recuar, Henry vai me perseguir, porque a essa altura ele está desesperado. Está aterrorizado de uma maneira que somente os egocêntricos sabem como é, e não vou ser capaz de afetá-lo tão facilmente. Ele virá até aqui. Ele não vai apenas acabar com o silêncio; ele tentará acabar com tudo que tenho.

Assim, pego meu celular e digito o número de Karl Stein. Enquanto chama, me pergunto se a linha ainda funciona. Talvez ele tenha mudado de número, e vou acabar falando com um adolescente que nunca ouviu falar em Karl Stein e só se preocupa com o telefonema de uma garota por quem é apaixonado. Talvez isso vá ser mais difícil do que eu imaginava.

Mas não precisava me preocupar. Ele atende no quarto toque.

— Karl Stein — diz ele.

— Karl, oi. Aqui é Celia Favreau. Nós conversamos em junho e...

— Celia — interrompe ele em um tom mais alto. — Ou Cee para os amigos próximos. Ainda está morando no paraíso? Carmel?

— Sim, estou. — Mãe e filha estão subindo a escada às pressas, o tutu da garotinha manchado de suco de uva. Eu me afasto e abaixo a voz: — Você se recorda da conversa que tivemos alguns anos atrás? Sobre Bill Compton?

— Claro, claro — confirma ele alegremente. — Também lembro que você mandou que eu me fodesse.

— Desculpe.

— Acontece mais frequentemente do que você pensa. Não se preocupe.

— Ouça — começo, percebendo que não posso dizer tudo por este telefone. — Preciso falar com você, mas não em uma linha aberta.

— Quer que eu viaje até aí?

— Talvez. Bem, somente se for necessário.

— Sempre gosto de uma desculpa para deixar o escritório — diz ele, de maneira brincalhona, depois se acalma. — Mas se você só quiser falar de forma segura, posso te mandar uma mensagem de texto com um endereço em Pacific Grove. Você vai até lá e pede para usar o telefone. Seria melhor?

— Me parece ótimo — respondo. — Não tenho certeza de quando...

— Ginny e Evan — completa ele, e imagino que tenha pego minha ficha enquanto conversamos. — Crianças realmente tomam muito do nosso tempo.

— Você não está brincando.

— Não se preocupe. Apenas me ligue assim que puder. Estarei com o celular o tempo todo.

— Obrigada, Karl.

É somente naquela tarde, depois de uma mulher negra me levar pelas escadas de um condomínio em Pacific Grove até uma salinha com um telefone via satélite criptografado e de eu conseguir contar abertamente a Karl Stein qual é o meu problema, que me ocorre que ele provavelmente também tem filhos. Ao contrário de Henry, ele sabe que o mundo é bem maior do que suas próprias necessidades.

5

Acordo, assustada e desferindo golpes, mas em vez de Suleiman Wahed, estou batendo em Drew.

— Celia! *Celia!* — grita ele, tentando em vão agarrar meus pulsos.

A bruma laranja se esvai, e meus punhos começam a se acalmar, finalmente deixando Drew segurá-los. Ele prende minhas mãos com força e observa meu rosto até minha respiração voltar ao normal. Minhas costas e face estão ensopadas de suor.

— Ei — diz ele. — Você está me ouvindo?

Afirmo com a cabeça, e Drew me solta.

Ele repousa a cabeça na mão, o cotovelo no travesseiro, observando enquanto me sento.

— O avião?

Confirmo com a cabeça de novo, me ponho de pé e caminho até chegar à porta das crianças. Checo os dois — primeiro, Ginny, porque ela é menor, depois Evan. Estão exatamente onde os deixei na noite passada, intactos. No banheiro, tiro minha camisola, jogo água no meu corpo, me seco com uma toalha de rosto e volto para o quarto. O rádio relógio me informa que são cinco horas da manhã. Os olhos de Drew estão fechados, mas, quando subo na cama, ele os abre.

— Quer conversar?

— Quero dormir de novo.

— Falou com Leon sobre isso?

— Claro — afirmo, sem querer entrar no assunto. — Mas não preciso de um psicólogo para me dizer por que sonho com aquele avião.

— Talvez você precise de um para te ajudar a se livrar dos pesadelos com o avião.

Ele está tentando me ajudar, sei disso. Prestativo, da mesma maneira como gerenciava sua filial da General Motors Corporation, procurando e solucionando problemas. Mas eu digo:

— Não comece.

— Comece o quê? Só acho que você não deveria ter de sofrer.

Como explicar isso para ele? Poderia dizer que espero não ter mais esse pesadelo depois de hoje à noite? Não, porque ele perguntará por quê. Ele vai querer saber como um jantar com meu ex-namorado vai tornar minhas noites pacíficas. Então, por não poder falar nada, terei de lidar com seus ciúmes, pois um homem da sua idade enxerga qualquer homem mais jovem que aparece pelo caminho como uma ameaça. Apenas dou as costas para ele e fecho os olhos.

— Não se preocupe comigo.

Aguardo o som de Drew repousando a cabeça no travesseiro, mas ele nunca chega. Apenas silêncio. Seus olhos estão nas minhas costas, esperando. De vez em quando, esse homem me dá nos nervos. Então, me viro novamente e o encontro me encarando, os olhos marejados como se fosse chorar. Mas Drew Favreau não chora; isso não está no seu DNA. É o mais próximo que consegue chegar.

— Que foi? — pergunto.

— Alguma coisa está acontecendo e tem a ver com Henry. Estou certo, não é?

— Não tem nada acontecendo. Volte a dormir.

Não sou a boa mentirosa que costumava ser, então não é surpreendente que ele continue me encarando, descrente. Eu me aproximo, beijo seus lábios e digo:

— Sério, Drew. São só pesadelos. Henry não significa nada. Não para mim. Você pode ter certeza.

Ele balança a cabeça em concordância, me dá um sorriso triste e se deita. Dou-lhe outro beijo, na bochecha, e novamente me viro de costas para ele.

Mais tarde, quando Evan está no balé e Ginny, em casa com Consuela, vou ao supermercado e ando no corredor de congelados, repleto de pizzas congeladas e sorvetes. Penso em Drew. No café da manhã, ele parecia ter superado suas inseguranças, mas não tenho certeza se também superei as minhas. Ele é um homem perspicaz e, semana passada, sentiu minha ansiedade crescente, minhas explosões de raiva e meus longos silêncios. Espero que amanhã eu esteja recuperada. É mais provável que, depois de hoje à noite, tenha dias ou semanas de arrependimento que se traduzirão em mais variações de humor. Mas, no fim das contas, tudo se acalmará. A vida voltará ao normal. Vamos seguir em frente. Ele ajudará seus candidatos, eu criarei nossos filhos, e só o futuro terá importância para nós dois.

— Adoro um Häagen-Dazs — diz uma voz atrás de mim.

Eu me viro e vejo um jovem com longas costeletas, daquelas que os homens usavam no fim dos anos 1960 e que estão voltando à moda. Esses jovens se chamam de hipsters, e o nome deste é Freddy. Ele abre a porta de uma geladeira, conferindo os sabores disponíveis.

— Cadê Karl?

Freddy não olha para mim.

— Com todas essas câmeras? Ele gostaria de te encontrar na loja dos correios.

Freddy pega um pote de chocolate com lascas de chocolate.

— Está tudo certo?

— Perfeitamente, Sra. Favreau. Tudo certo para irmos em frente.

Utilizo o caixa de autoatendimento para comprar um saco de tortilhas, então deixo o pacote no banco do passageiro da SUV e atravesso o resto do caminho pelo Crossroads, um shopping center a céu aberto com lojas e butiques caras que atende a toda Carmel--by-the-Sea. Um calçadão me leva pelas lojas de roupas, uma livraria e um café. Perto da faixa de pedestres, vejo Karl sentado em um banco em frente aos correios, com um copo de papelão de café em mãos. Para além dele, além do telhado baixo, ergue-se a cadeia de montanhas que forma o Vale de Carmel.

Não há câmeras aqui fora, mas muitos carros passam por nós. Questiono essa ideia de segurança.

Rajadas aleatórias de vento passam por mim quando atravesso a rua para me sentar ao lado dele. Karl está sorrindo. Um cinquentão afável, grisalho, de colarinho aberto e calças azuis. Um traje de negócios casual típico da Califórnia.

— Esse lugar é lindo — comenta ele.

— A loja dos correios?

— Ha ha — reage. — Sua cidade. Sempre gostei dela.

— Freddy me disse que está tudo certo.

— Bem, está sim — confirma Karl, sem muita convicção.

— Qual o problema?

Ele usa o dedo indicador para limpar algo do olho.

— Bem, nada, na verdade. Reservamos o Rendez-vous, como você sugeriu. Festa particular, paga por uma empresa de Big Sur. Mas não gosto do fato de não podermos colccar um aviso para impedir as pessoas de entrarem.

— Ele saberia — afirmo, novamente. — Mas confie em mim. Hoje à noite você terá dois, talvez três fregueses. Aquele lugar está muito fora de moda. Você tem um chef, certo?

— Trouxe de Washington. Ela é excelente. Jonas vai cuidar do bar, mas tem um porém. Você conhece Jenny Dale?

Balanço minha cabeça. *Não.*

— Bem, ela é a garçonete costumeira do lugar, e os donos estão insistindo para que a utilizemos. Ela precisa do trabalho, aparentemente.

— Então dê dinheiro para ela.

— Tentamos isso — conta ele. — Ela desconfiou.

Fecho os olhos por causa de uma rajada de vento.

— Sério?

— Quis saber por que não a queríamos lá. Por que estávamos dispostos a pagar sem utilizar seus serviços. Ela é... Bem, ela é *estranha*. Quem diabos se aborrece ganhando dinheiro de graça?

— Ela será um problema?

Karl balança a cabeça, depois dá de ombros.

— Depende. Se ela perceber o que está acontecendo, então será um baita problema.

— Quem mais sabe?

— Você, Freddy e eu. Jonas e a chef de cozinha acham que é uma operação de vigilância. Vamos deixá-los no escuro até o serviço ser finalizado.

Considero o que disse.

— Se a chef não sabe...

— Freddy vai cuidar disso.

Concordo com a cabeça. Acho que é tudo. Mas ele continua olhando para mim, como se esperasse instruções. É quando me ocorre que eu sou a pessoa no comando dessa operação, não ele. Fui eu quem o chamou. Naquela casa em Pacific Grove, fui eu quem expliquei o que era necessário e exatamente o que faríamos.

Karl pigarreia e pergunta:

— Estamos certos sobre isso, não estamos?

Levo um segundo para entender o que ele quer dizer.

— Sim — confirmo. — Ele é o culpado.

— Porque eu já errei antes. Como no caso de Bill Compton. Estava completamente errado sobre ele, e você teve razão de mandar eu me foder.

— Desta vez não há erros — digo para ele. — Estamos no caminho certo.

Karl bebe o café e pensa sobre isso. É engraçado que eu o esteja tranquilizando em relação à operação. Deveria ser o contrário.

6

Primeiro em árabe, depois em inglês, ele diz:

— Crianças para a frente!

Estamos na fileira 22, mas ele está na 15, gritando com uma mulher negra que abraça o filho de cinco anos como uma mãe urso, sacudindo a cabeça como se a ordem a tivesse deixado muda. Mas o menino não está assustado. Ele beija a mãe na testa e sussurra algo em seu ouvido, algo que a relaxa. A criança escorrega para fora do abraço mais frouxo, pega a mão de Ibrahim Zahir e o acompanha até a primeira classe.

— Para a frente! — grita uma voz atrás de mim. Eu me viro e vejo Suleiman Wahed, de rosto franzido e sujo, com uma arma na mão, olhando diretamente para a minha alma.

Levanto-me até metade do meu assento para bloquear a visão dele de Evan e Ginny.

— Não. Eles não.

Se eu realmente acredito que isso será suficiente? Acredito, sim, na verdade, então sou pega de surpresa quando ele ameaça:

— Entregue-os agora ou mato os dois na sua frente.

Ele faria isso? Com um rosto assim, é possível. Então, fico em pé, completamente parada e penso no que fazer. Meço as distâncias —

entre mim e o encosto da poltrona, entre a arma dele e minha mão, entre minhas crianças e a arma dele. Penso em quanto tempo vai demorar para Ibrahim Zahir voltar até nós e quanto tempo os outros dois sequestradores, Omar Ali e Nadif Guleed, precisariam para correr de dentro da cabine. Lanço um olhar feio para Suleiman Wahed e digo:

— Pode matá-los, então.

Estou irritando-o e posso sentir a atenção nervosa dos outros passageiros. Que espécie de lunática provocaria homens com armas? *Desista deles*, estão pensando. *Entregue os meninos, sua vaca louca.*

Brutalmente, com uma força que me faz duvidar do que eu seria capaz, ele me puxa para o corredor e se inclina para pegar meus filhos. Ginny grita. É um daqueles gritos agudos que parecem alarmes de lojas de departamento, que entram fundo no ouvido, e é a minha deixa.

Eu me jogo nas costas arqueadas de Suleiman Wahed, braços dos dois lados de sua cabeça, unhas cravadas, e rasgo suas duas bochechas. As unhas dilaceram a pele macia e ele solta um urro ao tropeçar para trás. Estou montada em cima dele no corredor. Suleiman tenta me jogar para o lado, mas agora minhas pernas estão ao redor de sua cintura. Seguro seu queixo com uma das mãos e levo a outra à parte de trás do seu crânio, puxando com toda minha força, exatamente como o pirata me ensinou. Um estalar delicioso de algo se quebrando vem de dentro do pescoço dele. Ele cai, e eu vou junto.

Tudo acontece tão rapidamente que Ibrahim Zahir, andando com o menino negro, só se vira agora. Estou tentando pegar a arma presa das mãos travadas de Wahed, até finalmente conseguir afrouxar o aperto. Então a aponto. Zahir e eu sacamos na mesma hora. Nossos disparos explodem em um espaço confinado, de maneira que o zunido no meu ouvido abafa a maioria dos gritos ao redor. Mas Zahir está no chão agora, convulsionando no corredor, sob o olhar do garotinho em choque.

Fico abaixada, me movendo rapidamente em direção ao garoto, acenando para que saísse do caminho, quando a porta da cabine se abre e um deles sai — Omar Ali, acho. Ele carrega apenas uma faca, que reluz na sua mão direita. Um disparo.

Bang!

Morto.

A porta se enverga quando a alcanço, Nadif Guleed tentando fechá-la desesperadamente, embora o corpo de Ali esteja no caminho. Respiro fundo, abro a porta e dou apenas um tiro em sua cabeça. Entro na cabine e atiro de novo.

Estou ofegante agora. Não me movimentava tão rapidamente havia anos. Encosto-me na parede da cabine, encarando a bagunça aos meus pés. É assim que a morte se parece: bagunçada, molhada. É necessário olhar para um cenário desses para aprender a dar valor ao lado oposto. É o que é preciso fazer quando se ama seus filhos.

Então, noto o silêncio.

Não era um silêncio, exatamente, apenas não havia o som de vozes. Havia somente um chiado: a ventilação. As luzes da cabine estão acesas e, embora veja as cabeças dos dois pilotos nos seus respectivos assentos, quepes pendurados no descanso das cadeiras, não vejo seus rostos, porque nem se importaram em olhar para mim.

Ali está, como sempre, o peso esmagador do conhecimento.

Eu me endireito e me equilibro em pé, bem cansada. Passo por cima do corpo de Omar Ali ao voltar para a parte principal do avião. As seis crianças, entre dois e nove anos, estão na frente, a palidez de seus rostos contrastando com o sangue escorrendo dos narizes e, em um dos casos, cobrindo o queixo de uma menina. Meu foco aumenta, vai até o fundo, onde os mortos ocupam toda a extensão do avião. Percorro o corredor, contando as fileiras e, quando chego à 22, quase tropeço no tênis de Evan, projetado para fora, no corredor. Seu pé está mole dentro dele. Evan está no chão, depois de ter escorregado do assento durante sua tremedeira. Ginny está enrolada no assento acima dele, em uma poça de algo escuro.

HENRY
E
CELIA

1

Ela não responde, então me aproximo.

— *Quem* você está protegendo, Cee? Bill? Conte-me. Se não respondermos essa questão agora, ela voltará no futuro. Talvez não agora, mas em cinco, dez anos. E, da próxima vez, não virá de um homem que te ama.

Quando Celia pisca, uma lágrima cai e ela logo a seca com a ponta do dedo em que usa a aliança, uma joia modesta de ouro branco. Ela funga.

— Você sabe, Henry. Foi por isso que deixei Viena. Por isso que me casei com Drew tão rapidamente e dei o fora de lá. A porra do Flughafen. No começo, achei que poderia superar o episódio. Que a vida voltaria ao normal. E voltou... Mas foi justamente esse o problema. A vida normal, em Viena, significava a pressão constante de guardar segredos. Significava viver em um labirinto. Significava não confiar nem mesmo nas pessoas que você amava. E culpa, tanta culpa. Cento e vinte pessoas mortas. — Ela estala os dedos. — *Assim.* Isso não te atormenta?

— Atormenta a todos nós.

Ela balança a cabeça.

— Não acho que te atormente, Henry. Não, não acho que o episódio te incomode tanto. O que falei sobre o amor? Só há um tipo verdadeiro de amor, e isso... — Ela aponta para mim e, depois, para si mesma. — Isso não é. Nunca foi.

Celia está me confundindo de novo, e desvio o olhar para organizar meus pensamentos. Treble está contando o dinheiro e colocando-o em uma bandeja, agindo perfeitamente como um esbanjador. No canto, ao lado do bar vazio, o garçom substituto com costeletas o observa atentamente. Assim que Treble sair, Celia e eu ficaremos sozinhos. Parte de mim teme isso. A outra parte, minha metade desafiadora, diz para Celia:

— Você está se achando muito. Não vim aqui para que você caia de amores por mim. Você escondeu provas cruciais sobre um vazamento na embaixada. Gostaria de saber por quê.

Os olhos dela estão secos agora, marcados por veias vermelhas. Ela balança a cabeça.

— Henry, nós dois sabemos que Bill não fez nada de errado.

— E você?

— Eu?

— Se você não estava protegendo Bill, então estava se protegendo. É isso que você quer que eu coloque no meu relatório?

— Que audácia — diz ela, sua voz descendo uma oitava e assumindo um tom que não havia ainda ouvido nesta noite. — Quer dizer, estou tentando entrar no seu jogo até o fim. Estou tentando de verdade, mas você está obstinado a tal ponto que não consigo compreender. Toda essa distração. Você realmente acha que faz alguma diferença no fim?

Mantenho meus olhos nela. Não há raiva ali, de verdade, apenas frustração, e é isso que me preocupa. Estou a encurralando, pressionando-a com acusações crescentes, e ela não reage da maneira que deveria. Celia deveria ter um ataque de nervos como Bill ou me confrontar com alguma defesa confusa. Porque eu a tenho na palma da mão. De verdade. Ela encontrou uma evidência crucial e fez de tudo para encobrir o achado. Carregou este segredo sozinha, indo contra as expectativas de que nunca seria descoberta. Mas Gene Wilcox me deu as direções certas, e uma simples vistoria nos registros telefônicos me revelou o que precisava saber: ela viu a ligação. Bill admitiu que ela nunca havia lhe contado nada — essa gravação está no meu computador, em Viena. Então, viemos diretamente à culpada. Pode não ser evidência válida nos tribunais, mas hoje em dia já não levamos esses assuntos para os tribunais. É o bastante.

Será que ela sabe? Será que sabe quem é aquele executivo que está saindo da mesa e passando por ela na direção da porta, murmurando um "obrigado" ao garçom sem lançar sequer um olhar na minha direção? Se soubesse, não estaria tão composta agora. Ninguém estaria. A porta se fecha. Treble se foi, e ficamos sozinhos.

Não, não faz nenhuma diferença, porque tomei minha decisão, e, logo, Celia não estará por perto para se defender. O que gostaria, no entanto, é de uma última resposta dela antes do trabalho ser concluído. Uma justificativa final que poderei usar caso Vick ou alguém em Langley ligue os pontos e descubra o que fiz. Não podemos deixar traidores escapar e não podemos julgá-los. Estou apenas seguindo a lógica da Agência até a sua inevitável conclusão.

— Não — respondo. — Não faz nenhuma diferença no fim. Mas gostaria de ouvir da sua boca. Gostaria de ouvir você me dizer que fez a ligação para Ilyas Shishani e denunciou Ahmed. Que matou nossa única chance de tirar aquelas pessoas vivas do avião.

— Matei?

Celia está fria agora, sem lágrimas. Ficando mais durona bem diante dos meus olhos.

— Não tenho certeza do que você acha que pode fazer esta noite — afirma ela. — Fui capaz de descobrir uma parte, mas não tudo. Você está obcecado por um detalhe: o fato de que deixei de informar a todo mundo que alguém havia usado o telefone de Bill para ligar para Shishani. Você se agarra a isso e, então, vai encurralar Bill. Consegue fazê-lo admitir que não sabe de nada, o que significa que, se não contei para ele, não contei para *ninguém*. Certo? Muito bom. Mas, e depois? Acha que a única conclusão a que se pode chegar é que eu estava conspirando com Shishani? — Ela balança a cabeça. — Você foi realmente tão obtuso?

— Conte-me, então — peço, confrontando suas palavras apesar da reaparição da dor no meu estômago. — Conte-me quais são as outras conclusões.

Ela sorri de novo e se ajeita.

— Sabe o que pensei quando me deparei com aquele número de telefone? O óbvio: que Bill estava nos traindo. Não entendi o motivo ou como ele teria se envolvido nessa bagunça, mas ele era culpado. Então, Ahmed foi morto. Fiquei fora de mim. Fui direto para casa. Sua casa. Para você. Lembra?

Pisco para ela. Minha visão está um pouco embaçada, mas não quero começar a esfregar meus olhos. Não quero que ela pense que estou ficando emotivo.

— Sim — confirmo. — Claro que lembro.

Porque é verdade. Eu me lembro de todos os atos sexuais que cometemos naquela noite. Sobrevivo a base dessas memórias.

Ela balança a cabeça para cima e para baixo lentamente.

— Foi aí, Henry, que eu descobri tudo.

2

Ele está me penetrando, levantando minha perna esquerda, agarrando meu tornozelo com a mão suada. Pressionando. As veias no seu pescoço forte saltam no escuro, e, lá embaixo, parece que está me rasgando ao meio. É tudo culpa minha, pois cheguei ao seu apartamento sem dizer nada e fui direto para o seu corpo. E está quase funcionando; está perto de conseguir afastar o rosto triste de Bill e o sentimento de traição que retorce meu estômago. Tudo o que desejo é usar o sexo como fuga, para poder desaparecer e não precisar encarar minha indignação moral. Quero que tudo seja simples. Um garoto e uma garota transando numa cama desarrumada com a noite vienense à espera lá fora.

Então, acaba. Ele está ofegante do meu lado, falando sobre que tipo de apartamento temos condições de pagar, a que distância do Danúbio deveria ser e como essa era uma ideia maravilhosamente louca.

— Claro. Sim — respondo, mas ainda estou presa às minhas dúvidas.

Quero contar para ele sobre Bill. Quero que Henry sente na minha frente, ainda com a pele avermelhada depois de todo o esforço, e simplifique para mim. Ele poderia dizer: *Um traidor é um traidor, Cee. Você precisa informar Vick.* Ou: *É sobre Bill que estamos falando.*

Vamos conversar com ele antes. Quero que tome a responsabilidade pela decisão, porque enquanto ele se familiarizava com traição e trapaça em Moscou, em Dublin, eu almoçava com exilados políticos, dançava sob o som de música eletrônica e aprendia como beber cervejas mais fortes sem passar mal.

Quando Henry se levanta, me beija intensamente na boca e diz que vai tomar banho, me pergunto por que ele não consegue enxergar minha confusão. Ele não é capaz de ler no meu rosto, ou será que está escuro demais para isso? Quanto tempo demora para um homem aprender os enigmas do nosso humor? Um ano? Dez? Uma eternidade? Acho que é algo que vou descobrir.

Conforme o barulho d'água ecoa do banheiro, visto minhas roupas e ando para a cozinha, onde, nesta manhã, havia feito café e considerado deixar Henry. Agora, decidi ficar, e só quero um pouco de café para conseguir pensar sobre tudo racionalmente. Preencho a cafeteira elétrica com água e pó de café e a ligo. É quando ouço o toque de um telefone. Não é o meu, nem é a melodia do Nokia de Henry. Curiosa, vou para a sala e faço uma pausa, escutando o barulho. Então, nada. Mesmo assim, é o suficiente para que o toque me leve ao cabide, onde nossos casacos estão pendurados. Revisto o casaco de Henry e encontro algo duro no bolso superior. Retiro o objeto logo antes de a tela apagar, um lampejo de um número de telefone desaparecendo. Não, não é o celular normal de Henry. É um Siemens. Cinza e grande demais para ser confortável. É o segundo celular que todo agente de campo carrega — pré-pago com crédito pago em dinheiro, anonimamente. Mas nunca vi esse antes, então talvez seja um descartável, que será jogado fora assim que os minutos forem usados. Antes de colocá-lo de volta no bolso, pressiono o botão do menu e a tela se acende. Na parte inferior, há a opção para desbloquear o telefone e usá-lo e, acima disso, no meio da tela, uma mensagem de CHAMADA PERDIDA com um número longo que começa em +9626.

Não compreendo de primeira, não totalmente, e esse atraso pode ser um sinal da minha exaustão ou dos meus sentimentos por Henry. Tento me lembrar de cabeça qual é a origem do código, mas o cheiro de café me alcançou e estou mais interessada nele. Coloco o celular de volta no bolso e ando na direção da cozinha antes de parar no meio da sala de estar. +962 — Jordânia. 6 — Amã.

Retiro o celular de novo e olho para o número. E sei qual é, porque, ao descobrir a traição de Bill, olhei várias vezes para ele, tentando encontrar maneiras de os dígitos se rearranjarem para que provassem sua inocência. Nunca aconteceu. Agora vejo o mesmo número no celular reserva de Henry.

— Cadê você? — Ouço a voz no quarto.

Com a adrenalina correndo forte em minha cabeça, devolvo o celular e corro para a cozinha. A cafeteira está na metade. Tentando controlar minha voz, digo:

— Fazendo café.

— Boa ideia — diz ele. — Preciso visitar uma boate no centro da cidade, ver se consigo achar um marroquino de quem tenho ouvido falar.

Agora ele está no corredor, andando na minha direção, toalha presa na cintura, sorrindo e com os cabelos reluzindo.

— Algo de errado? — pergunta ele quando se aproxima de mim, suas duas mãos fortes tocando meus ombros, depois deslizando para meus cotovelos. Seu hálito cheira a menta.

Está tudo errado, mas escolho apenas uma tragédia para contar para ele.

— Ahmed foi morto. Soube pouco antes de vir para cá.

O sorriso oscila, desaparecendo, e então ele pressiona os lábios como se estivesse tentando manter algo preso. Estaria?

— Merda — xinga Henry, então repete: — *Merda*.

Ele aperta meus cotovelos uma última vez e se vira, na direção do quarto, me impedindo de ver seu rosto. Só agora, depois daquele telefonema, eu me questiono sobre isso.

— Então, acho que é melhor voltar ao trabalho — diz ele.

Quero segui-lo. Quero encurralá-lo no quarto e falar mais. *Eles disseram para levarmos nosso espião. Eles sabiam. Como eles sabiam, Henry?* Mas não faço isso, porque, pela primeira vez em nosso relacionamento, estou com medo de Henry Pelham. Então, fico na cozinha, sirvo duas canecas de café e bebo uma delas enquanto o espero voltar do quarto. Quando ele finalmente sai, vestido, lhe entrego a caneca. Distraidamente, ele me agradece. No que está pensando? No marroquino que precisa rastrear? Ou está pensando em Ilyas Shishani, seu superior? Estaria pensando — e isso acaba de me ocorrer — que a única coisa que precisa garantir é que ninguém capture Shishani, pois assim ele não será envolvido?

— O que você vai fazer? — pergunta ele.

— Vou para casa, tirar uma soneca e voltar para o escritório.

— Você pode fazer isso aqui, sabe?

Faço que sim com a cabeça, sentindo que a única coisa que posso fazer neste momento é concordar com ele.

— Se não for problema para você.

Henry sorri ao se aproximar e me dá um beijo com gosto de café.

— Por que não começamos logo esse lance de morar juntos?

Sorrio de volta e observo quando ele abre a gaveta ao lado do fogão para retirar as chaves reservas. Formalmente, ele as coloca em cima do balcão. Inclino a cabeça em um gesto suntuoso para demonstrar que reconheço a importância deste momento.

Quando ele veste o casaco, chego perto e, como uma esposa obediente, arrumo seu colarinho. Sou muito boa nisso. Ele sorri.

— Vou para o trabalho, querida!

Dou um beijo rápido em sua bochecha.

— Vá salvar o mundo, meu bem.

Então, cinco minutos depois da sua saída, corro para o banheiro e vomito.

3

Tendo finalmente contado toda a história, ela apenas me encara e não tenho certeza do que fazer. Foi isso que a manteve forte durante todo o jantar. Por isso fui incapaz de perturbá-la como fiz com Bill.

Se eu sabia? Não. Talvez suspeitasse. Talvez tivesse a sensação, depois de sua partida repentina da minha vida naquela noite, de que não era apenas o medo de compromisso que a havia afastado de mim. E talvez seja essa a razão de eu ter ficado tão obcecado para trazer a investigação até a porta de Celia e obter tudo o que pudesse dela. Encosto-me na cadeira, sem confiar muito em mim mesmo para dizer alguma coisa. Troco a posição das pernas e noto algo duro no meu bolso.

Merda.

O celular. Gravou a história toda. Enfio a mão no bolso, encontro o botão de liga/desliga e o pressiono por tempo suficiente para ter certeza de que está desligado. Precisarei editar o arquivo mais tarde, antes de entregar a Vick — *se* eu entregar para ele. Não tenho certeza de possuir o bastante para incriminá-la. Porque agora, percebo, não há outra opção. Direi para Treble ir em frente e cuidar da situação, e, quando ele tiver acabado o serviço, já estarei em um avião de volta para casa ou dando entrada em alguma clínica

24 horas para cuidar da porra do meu estômago. Se Vick rastrear o serviço até mim, ele simplesmente terá que acreditar na versão da história que eu escolher contar.

— Você não vai negar, vai? — pergunta Celia.

Dou uma fungada, olho ao redor do restaurante. Somos os únicos fregueses, e até mesmo os funcionários desapareceram para a cozinha. Estamos completamente sozinhos.

— Era você quem conhecia Shishani de antes — diz ela. — Era o único que tinha alguma conexão com ele. E você sabia que isso te deixava vulnerável, então foi até a sala de Bill e ligou para aquele número, só para garantir. Plantar desinformação na chance remota de alguém começar a investigar.

— Cadê esse celular? — pergunto, me segurando a um fiapo de esperança.

— O quê?

— É uma boa história — comento. — Uma bela maneira de virar o jogo contra mim. Você viu um número no meu celular. Mas cadê esse celular? Você *possui* ele?

— Sério?

— O quê?

Ela suspira.

— Essa é realmente sua defesa?

Dou de ombros em silêncio.

— O que eu gostaria de saber é por quê — diz Celia. — Gostaria de ouvir isso agora, antes de ir para casa. — Ela levanta a cabeça. — Você era um sujeito decente, Henry. Não atacava ninguém pelas costas. E quando uma missão o forçava a trair pessoas, você se sentia mal. Isso teve a ver com Moscou? Estava tentando dar o troco na Agência pelo que aconteceu lá?

Contra minha própria vontade, balanço a cabeça. *Não.*

— Então o que foi? Certamente não foi para enriquecer. E não acho que você caiu em todo aquele papo sem sentido da Aslim Taslam.

No canto do restaurante, vejo o garçom nos observando.

— Onde está aquela mousse de chocolate? — pergunto.

— Esqueça a porra da mousse de chocolate — diz ela, incisiva.

— Você não vai ganhar sobremesa. Conte-me agora.

— Não vou contar nada para você, Celia.

Seu olhar recai em algo por cima dos meus ombros, e, des-confiado, olho para trás. Nada, somente a porta da frente, com a escuridão nos seus vidros. Então, vejo dois vultos emergindo do escuro: um casal de meia-idade vestido com casacos azuis com-binando. Turistas. O homem tenta abrir a maçaneta, mas ela não vira. Está trancada. A mulher toca no ombro dele e aponta para um pequeno aviso na janela que, do nosso lado, diz:

ENTRE
Estamos abertos

Eles estão lendo a parte de trás.

— Que horas são? — pergunto ao pegar meu celular, o principal.

São apenas nove e meia da noite. Estou aqui faz duas horas. Guardo o celular e vejo os olhos de Celia sobre mim novamente. O outro celular, o que é perigoso de muitas maneiras, não está gravando mais nada. Então, por que não? As evidências não im-portam mais. Talvez os fatos sejam suficientes. Talvez tenhamos chegado àquele ponto em que as máscaras finalmente caem e tudo o que resta são nossas peles. Então, revelo:

— Fiz tudo por você, Celia.

Ela recua, como se eu tivesse levantado uma mão ameaçadora.

— *O quê?*

— Você pode ficar sentada aí e me julgar. Mas fiz tudo por você. E, no fim, você me abandonou. Depois de tudo que aconteceu naquele avião, como você acha que me senti?

Ela abre a boca, fecha de novo, e enfim fala:

— Não estou entendendo o que você quer dizer, Henry.

— Não é nenhuma charada, Cee. Fiz aquilo por você.

Mas é, de certa forma, uma charada. Suas duas mãos estão sobre a mesa, voltadas para baixo.

— Por favor, me explique.

Embora isso faça minha barriga doer, me inclino para a frente em sua direção.

— Fiz aquilo para salvar sua vida. O que fiz matou muitas pessoas e, de certa maneira, também me matou. Mas eu te salvei. Te salvei porque pensei que ficaríamos juntos. Então, você foi embora.

4

Corro pelo apartamento e encontro todos os meus pertences.
Roupas íntimas, escova de dentes, absorventes, papeis de trabalho. Enfio tudo na bolsa, engulo o café e fujo. Volto quando me
lembro das chaves no balcão da cozinha e saio de novo, dessa vez
trancando a porta. Acho meu carro na molhada Florianigasse e, só
depois de entrar nele, me preocupo em ser mais cautelosa. Olho ao
redor, me perguntando se ele sabe o que sei, e imaginando o que
isso pode significar. Eu me questiono se toda essa recente afeição,
o convite para morarmos juntos e começar a vislumbrar um futuro
em comum, foi apenas uma maneira de desviar minha atenção.

Mas não. Sua Mercedes antiga não está ali. E não, ele não sabe.
Como poderia? Para ele, estou esperando no apartamento, ansiando por sua volta.

Começo a dirigir para casa, mas mudo de ideia e retorno à embaixada. São apenas quatro e meia da manhã, e meio que espero
que o local esteja vazio. Não é o caso, é claro. Bill ainda está fora,
mas Vick se encontra em seu escritório, fazendo telefonemas para
os Estados Unidos. Ernst tira uma soneca na própria sala, pés em
cima do canto da sua mesa. Até descubro Owen sentado no refeitório quando vou pegar mais café.

— Não esperava te ver — comenta ele.

— Sou como um cachorro — digo. — Sempre volto.

Ele tenta sorrir, mas não consegue. O mesmo acontece comigo.

— Alguma coisa? — pergunto.

Owen dá de ombros. À frente dele, vejo uma tortinha e um copo de leite. Ele se alimenta como uma criança.

— Merkel transportou os prisioneiros para cá, então agora eles foram todos recolhidos. Estão em alguma prisão fora da cidade. Não querem informar qual, o que não nos deixa felizes.

— Provavelmente não estão felizes por termos esperado para contar sobre Ahmed.

Ele dá de ombros.

— Vão ceder? — pergunto.

Owen come um pedaço da tortinha.

— Ernst acha que não. Disse que é apenas uma estratégia para ganhar tempo.

— Então, qual é o plano?

— Bem, o ataque foi cancelado. Estão com medo depois da última mensagem de Ahmed, antes de ele ser morto.

— Nós acreditamos que era ele mesmo?

Owen dá de ombros novamente.

— Eu não, mas os austríacos não levam minha palavra a sério — diz ele, calmamente. — A questão é: como descobriram Ahmed?

Contra minha vontade, sento-me à sua frente.

— Qual é a resposta?

Ele arqueia as sobrancelhas.

— Você? Eu? Ernst? Bill? Ou talvez ele só tenha feito algo estúpido.

Aqui está, minha primeira chance de contar, mas não falo nada. Em vez disso, dou um sorriso gentil, me levanto e volto para a minha mesa, do lado de fora da sala de Bill. Eu me sento, cansada. Bocejo com a mão na frente da boca e me pergunto por que não estou marchando na direção da sala de Vick e denunciando meu namorado. Meu ex-namorado. Porque é isso que ele é agora.

Apesar disso, não digo nada. Por quê? O amor é tão burro assim? O amor de Bill certamente é, prendendo-o a um monstro. E o meu? Talvez seja. Talvez — e isso é um pensamento novo, uma espécie de revelação — seja esse o problema. Talvez amar seja uma maneira errada de viver. Talvez algo que infecta o bom senso deva ser aniquilado. É uma possibilidade que examinarei de perto, quando tiver tempo.

Agora, porém, preciso deixar meu bom senso prevalecer, então engulo um último gole de café e me levanto, saindo da minha autoanálise a tempo de notar que o escritório, mesmo com uma equipe mínima, está barulhento. Ernst está cruzando o andar de um lado para o outro — da sua sala até a de Vick —, e Leslie está inclinada sobre a mesa de Gene, gritando:

— Pergunte para eles! Não se guie por boatos! Pergunte se é verdade!

Owen está saindo do refeitório, guardanapo na boca e olhos no chão enquanto escuta um dos jovens programadores falando baixo em seu ouvido. Vou até Leslie, a mais próxima, e me intrometo no seu sermão.

— O que está acontecendo?

Os olhos dela me encontram, e vejo ódio neles, como se tivesse quebrado leis internacionais ao interrompê-la. Nunca conheci esse lado de Leslie.

— Vá perguntar para seu Papai — exclama ela. Então se vira para Gene e diz: — Confirme com Heinrich! Agora!

Gene digita freneticamente.

Sigo Ernst até a sala de Vick e, pelas persianas, vejo nosso chefe de estação apoiando o queixo no punho, cotovelo na mesa, observando enquanto Ernst anda pelo escritório, falando e gesticulando, parecendo mais italiano do que austríaco. No armário aberto, a televisão está sintonizada na ORF, como ficou o dia todo. Bato à porta e entro.

— Eu te avisei — diz Ernst. — Avisei a todo mundo... — Ele interrompe a frase e me encara. Eu o ignoro.

— O que está acontecendo?

Vick levanta a cabeça e se encosta na cadeira, se alongando.

— Feche a porta, Cee.

Não sei se ele me quer dentro ou fora da sala, então a fecho e fico parada esperando. Ernst me encara fixamente.

— Os austríacos acham que estão mortos — explica Vick.

— Quem?

— Todo mundo. Os passageiros, os sequestradores. A tripulação. Todo mundo.

Neste momento, imagino uma explosão, uma grande bola de fogo de destruição, mas a TV no silencioso só mostra um político local assinando alguma legislação.

— Como eles sabem?

— Não sabem, não com certeza. Mas cinco minutos atrás...

— Dez — corrige Ernst.

— Dez, certo. Bem, eles ligaram as turbinas. O avião não saiu do lugar, não acendeu, mas os austríacos começaram a receber sinais. Uma mensagem chegou. *Aslim Taslam não negocia*. As turbinas continuam ligadas. Eles possuem câmeras de alta definição voltadas para a cabine e gravaram os pilotos morrendo. Os dois, bem nos seus assentos.

— Baleados? — pergunto.

Vick balança a cabeça tristemente, mas Ernst o interrompe, impaciente.

— Ninguém tocou neles. Foram sufocados.

— Parada respiratória — acrescenta Vick, como se isso esclarecesse muita coisa.

Revezo meu olhar entre Ernst e Vick.

— Eles ligaram o avião — começo, enquanto o pensamento se cristaliza em minha mente — para iniciar o sistema de ventilação.

Vick afirma lentamente com a cabeça.

— É o que achamos. É o que os austríacos acham. Mas não podemos invadir sem saber.

— Gás sarin — afirma Ernst. — É sarin. Eles precisam requisitar doses de atropina e pralidoxima. *Agora.*

— Talvez — diz Vick.

Mas, desta vez, Ernst está certo. Posso sentir isso.

5

— Cento e vinte pessoas mortas — diz Celia. — Por quê? Por mim? —
Ela balança a cabeça. — Você está falando em enigmas *sim*, Henry.

Claro que estou, porque depois de anos de silêncio não é fácil
dizer essas coisas em voz alta. Mas talvez ela mereça a história
verdadeira, a verdade por trás da verdade, o tipo de coisa que,
um dia, era seu ganha-pão. Talvez deva concedê-la um desejo
final. Talvez — e sei o quão desesperado e infantil isso soa —, se
ela souber, poderá compreender. Por um momento, me agarro a
esse pensamento. Deixo minha ingenuidade dominar e embarco
em uma jornada curta a um futuro alternativo. Começa comigo
explicando para ela, em detalhes, exatamente como a salvei.
Sua culpa, quando ela finalmente entende o que fez comigo, vem
junto das lágrimas. Ela se levanta e se agacha ao lado da minha
cadeira, me abraça forte na altura do meu estômago dolorido, o
choro marcando minha camisa. Ela me acaricia, então se levanta,
sussurra um "obrigada" e começa a me beijar com um fervor be-
nevolente. Depois, pega minha mão e diz: *Vamos*.

Essa fantasia é o momento mais saboroso do dia, mas posso
ver no rosto dela que, mesmo tão próximos, não há uma conexão
psíquica. Celia nunca sentiu meus distúrbios noturnos, assim

como não sente coisa alguma neste momento. Ela está em um plano diferente.

— Falo por meio de enigmas porque é com isso que lido no meu dia a dia — explico.

Nem um sinal de sorriso. Nenhum reconhecimento da minha perspicácia.

Procuro por uma mão do outro lado da mesa, mas não há nada que possa segurar. Ela encara meus olhos, como se minha mão não existisse.

— Você não faz ideia do que passei — afirmo. — Depois que me deixou. Você não faz ideia...

— Seus *sentimentos* foram magoados? — surta ela, e minha mão recua. — Você teve o *coração* partido? Quer que eu chore por você? Foi por isso que você armou esse jantar?

— Não, Cee. Escute. Eu...

— Cala a boca! — grita ela, erguendo a mão com a palma virada para mim. — Já chega, OK?

Do outro lado do restaurante, vejo o garçom se encostando na porta da cozinha, os braços cruzados na altura do peito, observando minha humilhação. Ainda tenho um certo orgulho, então levanto meu queixo na direção dele.

— Tá gostando de assistir, seu cuzão?

Impassível, ele vai para a cozinha, mas não antes de um sorriso aparecer no seu rosto. Então me ocorre que ele não trouxe a conta. Ou talvez tenha trazido quando eu estava no banheiro, e Celia cuidou disso.

Ela nem mesmo olha para mim agora. Está inclinada para trás, braços cruzados sobre a barriga, e olhando para a entrada novamente, como se eu fosse invisível. Se estivéssemos em uma tirinha de quadrinhos, haveria um rabisco escuro de fumaça acima da cabeça dela. Ainda sem me encarar, ela fala baixinho, como se apenas uma parte fosse dirigida a mim:

— Quando foram todos mortos, não sabia o que fazer. Pensei... Bem, não sei exatamente o que pensei. Talvez você fosse inocente. Talvez não fosse Ilyas Shishani do outro lado daquela linha, mas outra pessoa qualquer que sabia falar russo. Não posso dizer que acreditei nisso, mas queria acreditar. Coisas mais estranhas já aconteceram. Então, enterrei tudo. Enterrei a ligação do telefone de Bill para te proteger. Afinal, eles já estavam mortos, não estavam? Colocar você na frente de um tribunal não traria ninguém de volta. Não é verdade?

Observo enquanto Celia desvia o olhar e comento:

— Não lidamos com tribunais hoje em dia.

— Eu sei — responde ela. Seus olhos estão marejados de novo quando ela volta a me focar. — Mas então você escolheu aquela exata evidência, a ligação, e quase matou o pobre Bill de susto. Pensou que fazer a ligação da linha dele iria incriminá-lo... ou a mim. Mas aposto que não sabia que, ao levantar a hipótese para se proteger, você terminaria se enforcando, não é?

— Ninguém vai me enforcar — afirmo.

Ela sorri ao ouvir isso — sorri de verdade — e diz:

— Se você quer acreditar nisso...

Embora tenha tomado minha decisão há algum tempo, fica evidente agora que não posso mais voltar atrás. Celia não sobreviverá a essa noite. Não pode sobreviver. Ela descobriu tudo e, embora o tenha feito anos atrás e ficado calada, não tenho mais como depender do seu silêncio. Portanto, a decisão não é realmente minha. É uma escolha evolucionária. Ou respeito a necessidade de autopreservação, ou morro. Não há nenhuma decisão, no fim das contas.

Então, não importa. Ilumine os condenados.

— Você realmente quer saber?

Ela pisca na minha direção, aguardando.

6

É dia 7 de dezembro de 2006 — dois meses depois do assassinato de Anna Politkovskaya no seu elevador em Moscou, duas semanas depois da morte de Aleksandr Litvinenko em Londres, sua cabeça careca e hospitalizada servindo de instrumento constante para a mídia durante sua longa batalha contra o polônio-210. Não se trata de culpa — essas mortes certamente não aconteceram por minha causa —, mas sim de associação. As lembranças de Moscou me atraem de volta à duplicidade esmagadora que, no fim, é como defino aquele período da minha vida.

Acordo com Celia me observando. Ela está sorrindo e, por causa da ansiedade que tem tomado conta de mim recentemente, minha reação àquele lindo rosto é cobrir o meu com o travesseiro. Ela sai para pegar café, e me repreendo. Tenho feito isso há semanas, com cada jornal e site na internet me lembrando de Moscou, e, por consequência, tenho a afastado de mim. De vez em quando, ela me pergunta qual é o problema, mas não quero falar sobre Moscou. Não quero tornar tudo mais real do que já é.

Então, não digo nada e, quando ela retorna com canecas quentes, conversamos sobre nossos planos para o dia. Finjo me importar, porque sei que, normalmente, eu realmente *me importo*, especialmente com ela. É quando noto uma luz piscando no meu telefone. Uma mensagem diz:

Schloss Schönbrunn — GLORIETTE — 10:00

Não há dúvidas sobre o que se trata: um pedido para um encontro no palácio Schönbrunn, na união dos jardins. Há um café lá, que visitei umas duas vezes, mas nunca a trabalho. Quem vou encontrar? Não conheço o número.

Então, encurto a manhã com Celia e dirijo ao oeste para o extenso terreno do palácio, normalmente vazio durante o inverno. Luto contra o vento ao atravessar o parque. A área Gloriette está fechada pela temporada, mas o portão se encontra destrancado. Quando chego aos arcos imperiais, a entrada do café também está livre. Abro a porta, observando o interior escuro do lugar, onde cadeiras e mesas foram empilhadas ao lado de uma parede nos fundos. O local está morto. Então, ouço o som de saltos contra os azulejos. Um homem em um casaco pesado e acolchoado surge de trás do balcão escuro, mancando e sorrindo, e diz:

— Henry!

Levo um instante para processar seu rosto na mente. Ele envelheceu nos últimos quatro anos, suas feições escuras ficaram mais pálidas e cinzas. Também está mais em forma e mais intenso, como pessoas magras costumam ficar. Parece uma versão desgastada, mas superior do homem que conheci em Moscou. Está sorrindo, se aproximando rapidamente com o braço estendido. Aceito o cumprimento e apertamos as mãos. Inesperadamente, ele me abraça e me beija nas bochechas.

— Ilyas? — questiono. — O que diabos está fazendo aqui?

Estou assustado — sei que ele não é mais o padeiro gentil que um dia conheci, mas está fazendo um belo trabalho ao interpretar aquele homem inocente.

— Venha — chama Ilyas com a voz acalorada, me trazendo mais para perto. Ele pega duas cadeiras da parede e as coloca frente a frente em uma mesa. — Desculpe, eles cortaram a eletricidade, então não tem nada quente para beber. Mas me lembrei. — Ele tira duas garrafas de plástico de Coca-Cola dos bolsos fundos do casaco. — Ainda bebe isso?

— Não tanto mais — respondo, aceitando uma garrafa e me sentando do outro lado da mesa.

Como me sinto? É complicado. Estou com medo, sim, mas há algo mais. Estou nervoso, pois um rosto de Moscou saiu do passado e apareceu do nada, um dos poucos rostos com que eu simpatizava. Mas Ilyas fez parte daquelas conversas sobre a Rússia que me destruíram. Ilyas foi um daqueles comprometimentos traiçoeiros que me forçaram a finalmente fugir da Rússia.

— O que você está fazendo aqui? — repito.

O sorriso não deixa seu rosto.

— Você parece tão bem, Henry. Cidades imperiais combinam com sua pessoa.

— E você está com uma forma excelente.

— Obrigado — agradece ele, dando de ombros enquanto bebe a Coca. Bebo a minha; sinto uma queimação. Ilyas continua: — Aparências enganam. Estou mancando, você viu. Um presente de Vladimir Putin.

— Putin?

Ele sorri de novo, mostrando os dentes, e tira um maço de Marlboro Reds. Oferece um, mas recuso. Ele acende o cigarro.

— Estou aqui por pouco tempo — conta ele. — Só para te ver.

— Estou honrado, Ilyas. — Embora não esteja. O choque de vê-lo está desaparecendo, me deixando apenas com o que restou de Ilyas Shishani: estou sentado com um terrorista procurado.

Ele levanta o cigarro aceso até perto da orelha.

— Você se lembra de Moscou, Henry? Tínhamos o que poderíamos chamar, no melhor dos cenários, de uma relação tensa.

— Não me lembro de ser assim. Nós conversávamos.

— Sim, mas lembra como tudo começou? Quando eu não estava certo se queria compartilhar o que sabia com um americano? Você se lembra do que disse?

Claro que lembro, mas não digo nada.

— Disse que bastava um telefonema e os russos me pegariam num piscar de olhos. Você usou essa expressão: piscar de olhos. Então, cooperei. Sim, demos algumas risadas juntos e, sim, você me doou um pouco de dinheiro, mas nossa relação foi definida por aquela primeira conversa. Piscar de olhos. Essa expressão nunca saiu da minha cabeça — conta ele, batendo levemente na têmpora com a mão que segura o cigarro. — Entende o que quero dizer?

Pisco para Ilyas, incerto do que poderia fazer além disso.

— Claro. Entendo.

— Você se lembra de quando me falou sobre confiança? — continua ele. — Sim, você até mesmo definiu a palavra para mim, como se fosse um novo conceito. Preciso confessar, não era. Era bem familiar. Mas, depois, percebi que você estava certo. Ela precisava ser definida. Entende?

Balanço a cabeça.

— Não, Ilyas. Não entendo.

— Bem, talvez você precise de ajuda para se recordar. Porque não muito depois daquelas horrorosas 57 horas no teatro Dubrovka, bateram à minha porta. Não — nega ele, sacudindo a cabeça de lado. — Não foi uma batida. Foi uma *explosão*!

Ilyas junta as duas mãos com força, espalhando cinzas por toda a mesa.

— Botas! Sete homens vestidos de preto da cabeça aos pés, portando rifles automáticos. Spetsnaz: homens bem brutos, você sabe. Os russos me levaram e, por dois meses, não vi a luz do sol. Dois meses, não estou brincando. Fui interrogado. Torturado. Minha perna — acrescenta ele, batendo em uma delas — foi quebrada e recolocada na posição errada. Fui acusado de ser um terrorista.

Eu! Um terrorista! Consegue imaginar? O pequeno e tímido Ilyas, o imigrante checheno que faz pão para sobreviver e entrega os nomes dos amigos para os americanos... Um *terrorista*? Talvez você tenha falado para eles que eu era um terrorista?

Balanço a cabeça.

— Nunca diria isso a eles.

— Não — concorda ele, acenando com o cigarro. — Não acho que tenha dito. Não seria do seu interesse. Apesar disso, aparentemente, você *contou* para eles tudo sobre nossa relação. Porque, sabe, meus interrogadores *me* falaram tudo sobre nossa relação. Eles me contaram coisas que nenhum sistema de vigilância poderia descobrir. Isso, vim a descobrir depois, é a definição americana de confiança.

Aí está. No mundo da Inteligência, quando traímos alguma pessoa, procuramos fazer isso para organizações que sabem como manter segredo, porque é mais importante manter uma imagem de inocência do que a realidade da inocência. A FSB não deu a mínima para minha segurança. Então, olhando direto nos seus olhos cansados, duas garrafas de Coca entre nós, conto para Ilyas toda a verdade. É a única defesa que tenho. Estava seguindo ordens, explico. Foi um período politicamente complicado.

— Eu protestei. Depois disso, escrevi uma carta de reclamação para Langley.

Ele levanta as mãos.

— Ah! Uma carta! E *depois*! Eu me sinto muito melhor agora, Henry. Não sabia que você era uma pessoa tão boa.

Ele está certo, sei disso. Se estivesse no seu lugar, não seria tão gentil. Não sentaria para conversar com a pessoa que havia me traído. Poderia convidá-lo a Gloriette para propiciar certa nobreza ao meu ato, mas não conversaria. Sairia de trás do balcão com um taco de beisebol e esmagaria as pernas do traidor, depois os braços e o crânio. Essa conversa, penso, mostra que Ilyas é um homem melhor do que eu.

Não sei quanto tempo se passa. Vinte minutos? Uma hora? Conto os detalhes, explicando todo o cenário esquizofrênico da política externa em Moscou, a ansiedade na embaixada, minha frustração. Admiravelmente, Ilyas me permite dizer tudo que quero. Só depois disso, me ocorre que ele previu tudo; meu discurso está no cronograma. Quando as desculpas terminam, ele pede:

— Olhe para mim, Henry.

Eu olho, mas é difícil.

— Você e eu — diz ele, falando devagar para que eu possa entender tudo. — Nós estamos formando uma nova relação, e essa é a conversa que irá defini-la. Está me escutando?

— Tenho alguma escolha?

Ele sorri.

— Claro que tem. Você sempre tem escolhas. Pode sair daqui neste momento e esperar para descobrir o que você não quis saber.

— OK, entendi. Diga-me.

— Ótimo. — Ele se encosta na cadeira e acende o terceiro cigarro do dia. — Vamos fazer o seguinte. Você me dará um número de telefone que eu possa usar para te ligar. Um dos seus celulares impossíveis de rastrear. Usando esse número, irei ligar de vez em quando para pedir informações, e você vai me fornecer o que eu pedir. Você verá o número que estou usando, mas ele não o levará até mim. Simples, não é?

Olho para o cigarro dele, a brasa brilhante, e respondo:

— Parece simples, mas imagino que não seja. Vamos dizer que eu recuse.

Ele levanta o dedo indicador da sua mão livre.

— Sim! Agora chegamos na parte boa. Na verdade, também é bem simples. Se eu te ligar e você se recusar a responder minhas perguntas, então Celia Harrison, aquela linda mulher com quem você divide a cama, morrerá. — Ele se endireita, com uma animação quase juvenil. — Em um piscar de olhos.

7

Ouço tudo, a história longa, cheia de detalhes, e posso vê-lo ficando cada vez mais cansado. Não importa que minhas ações sejam justificáveis — ainda assim partem meu coração. Quero me levantar e ir embora, mas ainda não é a hora. Quero deixar tudo isso para trás e nunca mais voltar, mas sei que não é assim que as coisas funcionam. Vou carregar essa noite para sempre comigo. Vou revisitá-la quando colocar Ginny no berço ou quando estiver assistindo aos recitais de balé de Evan. Minha missão será não a deixar me sufocar, porque é para isso que as crianças servem — elas forçam você a ir em frente.

Estou surpresa. Claro que estou. Mesmo não querendo acreditar — desejando que seja mais uma das suas mentiras —, penso naquelas ruas lotadas de Viena. Quantas sombras me seguiram naquele dia? Ilyas Shishani estava entre elas, ou apenas seus capangas? Não, ele não iria me vigiar pessoalmente. Estava muito ocupado organizando o assassinato de 120 pessoas e ligando para o meu namorado.

Mas não é isso que incomoda Henry. Ele não é assombrado pelo acordo que fez com Shishani — ele é assombrado pelo que veio a seguir. Não os assassinatos, mas o fim da nossa relação. É um nível monstruoso de egoísmo, e quero falar isso para ele, mas as palavras não saem. Ele foi suficientemente destroçado hoje à noite.

— O que você acha? — pergunta ele.

Acho que te odeio.

— Você estava em uma situação difícil — respondo.

— Só isso?

— Só isso.

Atrás dele, pela janela, vejo Karl andando pela calçada e parando em frente à porta. Ele usa as chaves para destrancá-la e o barulho da fechadura distrai Henry. Ele se vira para trás.

— Quem é esse?

Embora ele não precise realmente de uma resposta, forneço uma.

— Esse é Karl. Com *K*.

Henry franze a testa, pensando. Considerando suas condições, ele logo percebe o que está acontecendo.

— O que ele faz aqui?

— Está me protegendo.

Henry olha de volta para a porta, mas Karl não entra. Ele só está ali para abrir e vigiar a porta, para que eu consiga ir embora. Freddy sai da cozinha e vai de janela em janela, fechando as persianas. Henry vê isso e suspira.

— Você armou contra mim.

— Você tentou fazer isso antes.

Ele não parece bem. Sua pele é uma mistura de escarlate e alabastro. Pego minha bolsa de trás da cadeira e a coloco em meu colo, encarando-o.

— *Merda* — praguejia Henry.

Apesar de não ser parte do roteiro, conto para ele, porque é a coisa certa a se fazer, considerando nosso passado e o que vem a seguir. Hoje em dia, tento seguir mais minha consciência e menos meus cálculos. Ainda estou trabalhando nisso.

— Henry, me escute.

Ele está olhando fixamente para mim.

— Sua vitela foi envenenada. Você não tem muito tempo.

Dessa vez, ele demora mais tempo para compreender. Suas feições se contraem. Ele balança a cabeça, e posso ver no seu rosto que o movimento dói. É tão difícil observar alguém morrendo.

— Você sabe como é — digo. — Eles não querem um julgamento.

Henry olha de volta para Freddy, que fechou a última persiana. Mas Freddy também não quer ver nada disso. Ele tira um maço de cigarros do bolso e se junta a Karl na frente do restaurante.

— Você está me matando? — pergunta Henry, a voz fraca e inocente. — Você... — Ele não termina a frase.

— Sinto muito — me desculpo, porque sinto mesmo. Então me levanto. Não consigo mais ver isso. — Em todo caso, obrigada.

Ele olha para cima, as lágrimas começando a transbordar, veias tomando conta das suas órbitas brancas.

— Pelo quê?

— Por não ter deixado Ilyas Shishani me matar — respondo. — Foi a decisão errada, mas agradeço.

De repente, o canto dos seus lábios forma uma espécie de sorriso.

— Não fique tão agradecida — diz ele. Há um certo amargor em sua voz, mas é menor do que esperava.

— Adeus, Henry.

Ele não responde. Saio do restaurante com as pernas bambas, tentando me manter em pé, certa de que está me observando. No entanto, quando chego à porta e olho para trás, encontro-o de costas para mim, encarando a parede dos fundos, apenas sentado ali.

Karl abre a porta, e saio para a noite fria.

— E aí? — pergunta ele quando fecha a porta.

— Ele sabe.

Freddy balança a cabeça, a fumaça saindo de sua boca

— Você *falou* para ele? — questiona Karl.

Faço que sim com a cabeça.

Ele espia pela porta de vidro. Henry continua sentado.

— Bem, acho que não importa mais. Cinco minutos, dez no máximo, então entramos e limpamos tudo.

Concordo.

— Pode ir para casa, se quiser.

Quero.

— Terminamos?

Ele levanta as mãos, palmas para fora.

— Sim. Quer uma carona?

— Preciso caminhar.

— Justo.

— E a garçonete?

Karl balança a cabeça.

— Foi um erro. Ela entendeu o que estava acontecendo. Inevitável, acho, pelo modo como estávamos afastando os clientes e pelo fato de nenhum grupo grande ter chegado. Mas o problema foi que ela viu Freddy mexer na vitela.

— Foi mal — se desculpa Freddy.

— Pois é — responde Karl em tom de desaprovação. — De qualquer modo, não acho que tenha entendido de cara, mas no caminho até sua mesa ela se deu conta. — Ele dá de ombros. — Admirável, de verdade. Ela juntou os pontos sob pressão. Não são muitas pessoas que conseguem fazer isso.

— E o que aconteceu com ela?

— Está bem — responde ele. — Não se preocupe. Estamos apenas pensando numa solução para o que fazer com ela.

— Não vá machucá-la.

— Machucá-la? — Ele sorri, rejeitando a ideia. — Estou pensando em oferecer um emprego para ela!

Levantamos a cabeça ao ouvir o som de passos. É um sujeito jovem com um casaco longo, o cabelo reluzente — como se precisasse de um bom banho. Imagino que vá passar direto por nós, mas ele para do lado de Freddy e diz:

— Obrigado, Celia. Você nos prestou um grande serviço.

— Quem é você?

Ele não parece ter interesse em responder, mas Karl fala em seu lugar:

— Larry é um de nós.

Não me importo mais. Não dou a mínima para quem ele é ou se acham ou não que fiz um bom trabalho. Só quero ir para casa.

Olho para dentro novamente. Henry está apenas sentado, cotovelos na mesa, como se fosse um grande pensador — algo que certamente não é. Ou talvez já esteja morto.

8

Ela caminha para fora do meu campo de visão, mas não me viro para acompanhar sua saída. Estou tentando me lembrar daquela palavra, a que ela usou para descrever o tipo de pessoa que era. Sim: desprendida.

Fui desprendido.

Coloco as mãos sobre a mesa e pressiono meus dedos uns contra os outros. Quando foi que perdi o controle? No começo, acho, quando meu olhar recaiu sobre ela pela primeira vez naquele bar logo ali. *Você está me espiando?*, perguntou ela e, então, me leu facilmente. Mas o começo não foi hoje à noite. Foi seis anos atrás, quando o amor me obrigou a fazer um pacto com Ilyas. Não apenas amor — culpa, também —, mas ainda assim. Ou até mesmo antes, quando me sentei com Ilyas nos fundos de sua padaria no distrito de Arbat, oferecendo meus Marlboros, e falei com extrema segurança:

— Temos uma coisa nos Estados Unidos chamada confiança.

Preciso ir ao banheiro, mas estou muito cansado para levantar. Então, permito-me o alívio. Sinto um jato quente na coxa. Como se importasse, tiro o Siemens do bolso e o coloco na mesa. Uma coisa morta e cinzenta.

Estou apenas pensando, sonhando, na verdade, sobre tudo. Sobre o instrutor caolho da Academia, agachado na lama da pista de obstáculos, gritando sabedoria de piratas. Sobre um tornozelo na minha mão, as protuberâncias dos ossos pressionando a carne do meu dedão. Sobre suor. Sobre observar as imagens na sala de Vick do primeiro operador de câmera austríaco a entrar no voo 127, os corpos congelados nos assentos, junto das janelas que tentaram arranhar e pelo corredor. Sobre o pequeno e bagunçado apartamento de Celia, tão vazio de memórias. Aquela última ligação de Ilyas depois que o sarin havia matado todo mundo.

— Você ajudou a causa de Deus, Henry. Não é um feito pequeno. Você será recompensado no paraíso.

— Mas não acredito em paraíso.

— Então sua atitude não importa de qualquer maneira, não é?

Importa, sim, percebo quando sinto uma dor afiada na parte de trás da cabeça, que me cega por um segundo. Importa, porque as portas vão se fechando por todos os cantos. A porta para a sala de Bill, para o apartamento de Viena, para aquele avião na pista de pouso, para esse restaurante. Quando todas se fecharem, nada mais restará. Água que vira vapor, levado pela brisa limpa do mar.

Gostaria de descer até a praia. Odeio esse restaurante. Não quero morrer aqui.

Qual era a decisão certa? Deixá-la morrer naquela época? Como poderia fazer isso? Como poderia saber o que eles estavam planejando? Como poderia ter previsto o que iria acontecer em seguida?

Então, penso nos filhos dela, porque foram eles que realmente a tiraram de mim. Aqueles monstrinhos transformaram o que ela sentia por mim em uma mera sombra do que sente por eles. O que ela falou? *Se colocarmos lado a lado, o amor romântico é fofo. Paixão é apenas um joguinho.*

Ah, Cristo. Não consigo mais sentir minhas pernas.

De algum lugar, ouço um toque de celular. Levo um segundo para raciocinar, porque meus olhos estão fechados, e não recebo uma ligação neste telefone há anos. Abro os olhos e vejo a tela acesa. Não consigo ler o que diz, e me pergunto se seria ela, me ligando para contar que tudo não passou de uma brincadeira. Mas como ela poderia ter esse número?

Atendo.

— Alô?

— Piccolo?

— Hã, sim.

Ele aguarda, e sei que minha voz soa diferente. Está esperando que eu me identifique. Já não tenho certeza de quem sou — tento ouvir as batidas do meu coração. Estou morrendo.

— Sim, Treble — respondo.

— Ouça — diz ele, ofegante. — Ela está aqui, bem na minha frente. Andando na rua, bem devagar. Acho que está chorando.

— Ah.

— Se quiser que eu faça o trabalho, agora é a hora. Não sei quando terei outra oportunidade como essa.

— Entendo.

— É com você, Piccolo. Não ficará nenhuma evidência. Posso fazer isso bem limpo.

Quando tusso, minha garganta queima.

— Sussa — respondo.

— O quê?

Pisco. Alguém está apagando as luzes do restaurante. Ou talvez seja eu.

Este livro foi composto na tipografia Palatino
LT Std, em corpo 11/16, e impresso em
papel off-white no Sistema Cameron da
Divisão Gráfica da Distribuidora Record.